W0249676

Phileas Foggs Reise
wird begleitet von:

FSC
www.fsc.org
MIX
Papier aus verantwortungsvollen Quellen
FSC® C144853

5 4 3 2 1 27 26 25 24 23
ISBN 978-3-649-64467-5

© 2023 Coppenrath Verlag GmbH & Co. KG
Hafenweg 30, 48155 Münster, Germany

Text: Marco Hasenkopf
Textsatz und grafische Gestaltung: Stefanie Bartsch
Redaktion: Geschenkbuchteam Coppenrath

Bildnachweise:
Stadtplan von London S. 10: dpa Picture-Alliance GmbH / akg-images
Dschungel S. 38/39: shutterstock.com / Yumeee
Hafen von New York S. 86/87: dpa Picture-Alliance GmbH / akg-images;
dpa Picture-Alliance GmbH
/ Design Pics | John Short;
Schiff Labyrinthextra: shutterstock.com / Hein Nouwens
Bank of England Zeitungsextra: dpa Picture-Alliance GmbH / Mary Evans Picture Library-

Alle Rechte vorbehalten

www.coppenrath.de

Marco Hasenkopf

In 80 Tagen um die Welt

Ein Wettlauf gegen die Zeit

Der Jules Verne Escape Room

COPPENRATH

In nur 80 Tagen einmal um die Welt reisen – ist das überhaupt möglich? Und würdest du dein halbes Vermögen für diese Wette aufs Spiel setzen? Genau das hat der exzentrische Londoner Gentleman Phileas Fogg getan. Zusammen mit seinem treuen Diener Jean Passepartout begibt er sich auf dieses aufregende Abenteuer. Aber die Zeit ist nicht das einzige, das ihnen dabei zum Verhängnis werden kann – immer wieder begegnen ihnen knifflige Rätsel, die das Gelingen dieser Reise auf eine harte Probe stellen.

Und hier kommst du ins Spiel. ***Herzlich willkommen zum Escape Room „Ein Wettlauf gegen die Zeit"!*** Dies ist weit mehr als nur ein Spiel: Es ist der Beginn eines unvergesslichen Abenteuers, in dem du deine Auffassungsgabe und deine Kombinationsfähigkeit unter Beweis stellen kannst. Du wirst nicht nur spannende Rätsel lösen müssen, um die nächste Reiseetappe rechtzeitig zu erreichen, sondern Jules Vernes Klassiker der Weltliteratur als einzigartigen Escape Room neu erleben. Ob ereignisreiche Zugreisen, spektakuläre Transportmittel oder waghalsige Unternehmungen – die nächsten 80 Tage werden für die Reisegruppe rund um Phileas Fogg keine Leichtigkeit. Und wegen deines cleveren und geschickten Rufes haben sie dich als ihre Reisebegleitung auserkoren. ***Nimmst du die Herausforderung an?***

Anleitung

Bevor wir jedoch starten, möchten wir dir ein paar Hinweise zu
diesem Spiel mit auf den Weg geben. Zuerst einmal wundere dich
bitte nicht: Wir begeben uns auf den folgenden Seiten auf eine Rei-
se in das Jahr 1872 und greifen daher auf die historischen Städte-
namen zurück, die unsere englische Reisegruppe zu dieser Zeit ver-
wendet hat.

Lies jedes Kapitel aufmerksam, denn womöglich wird es sich zu ei-
nem späteren Zeitpunkt noch einmal als nützlich erweisen. Zugleich
bleibt es dir leider verwehrt, in die Zukunft zu blicken. Daher blät-
tere bitte erst ins nächste Kapitel, wenn die Lösung eines Rätsels dir
klar vor Augen steht – oder du denkst, dass sie es tut. Wenn du im
Text dazu aufgefordert wirst, nimm die hinten **im Briefumschlag**
eingefügten Extras zur Hand. Außerdem findest du am Ende des
Buchs ***Tipps und Hinweise***, falls du mal nicht weiterkommst. Für
den größten Notfall befinden sich dort auch die ***Rätsellösungen***.
In deinem Reisekoffer sollten außerdem ***Stift*** und ***Schere*** griffbereit
sein – Letzte sollte nur an entsprechend gekennzeichneten gestri-
chelten Linien verwendet werden. Kopiere die Extras gern vor deiner
Reise, damit du das Buch noch einmal lösen oder es an eine andere
Spürnase weitergeben kannst.

Aber jetzt heißt es schnell das Nötigste zusammenpacken und auf
zum Londoner Bahnhof! Phileas Fogg und Jean Passepartout warten
schon auf dich. ***Möge das Abenteuer beginnen!***

Der Bankraub

Phileas Fogg, Esquire, ein Gentleman von tadellosem Ruf und nobler Erscheinung, verließ an diesem Mittwoch, 2. Oktober 1872, ganz wie es seine alltägliche Gewohnheit war, um Punkt neun Uhr morgens sein stattliches Wohnhaus in der Savile Row 7 im Londoner Stadtteil Burlington Gardens. Dabei trat er in exakt vier Schritten aus seiner Haustür auf den Gehweg und begann seine allmorgendlichen Erkundungen der Londoner Innenstadt. Stets dabei: sein kleines Notizbuch im schwarzen, edlen Ledereinband und ein frisch angespitzter Bleistift, um all die Eindrücke zu notieren, die in dem lebhaften Treiben auf Londons Straßen seine Aufmerksamkeit erregten. Nach seinem ausgiebigen Spaziergang und der Erledigung eiliger Bankangelegenheit hatte er pünktlich um 12 Uhr auf der Pall Mall das Gebäude des dort ansässigen Reform Clubs für Gentlemen erreicht. Hier pflegte Fogg seine geruhsamen Tage zu verbringen.

Hauptsächlich las er die neuesten Tageszeitungen, die *Times* oder den *Morning Chronicle,* und spielte Whist - das bevorzugte Kartenspiel der englischen Gentlemen - mit anderen Mitgliedern des Clubs. Auch nahm er seine Mahlzeiten im Club ein. Der Reform Club war sein zweites Zuhause.

Phileas Fogg galt als ein besonnener Charakter, den nichts so schnell aus der Ruhe brachte. Zwar wurde er als gut aussehender Junggeselle angesehen, aber darüber hinaus war wenig, besser gesagt sogar gar nichts über Phileas Foggs Privatleben bekannt. Niemand wusste, woher er kam und wie er zu seinem Vermögen gekommen war. Dennoch war es offensichtlich, dass Fogg ein waschechter englischer Gentleman war, obwohl er als wandelndes Geheimnis galt. Zuweilen kursierten Spekulationen über ihn, denen Fogg aber stets mit Gleichmut begegnete.

War es Gewohnheit oder Exzentrizität, der Gentleman duldete keine Änderung seiner alltäglichen Routine. Dass sich dies jedoch bald ändern sollte, konnte Fogg zu diesem Zeitpunkt noch nicht ahnen.

Eben erst hatte er einen neuen Diener eingestellt - Passepartout war der Name des jungen Franzosen, der vor allem danach strebte, als Diener einem Gentleman zur Seite zu stehen, der ein ruhiges Leben führte. Foggs Ruf schien ihm vorauszueilen und so passten Herr und Diener vom ersten Moment an bestens zueinander.

Als Phileas Fogg nun die Empfangshalle des Reform Clubs betrat und dem bereitstehenden Clubdiener Hut, Stock, Mantel und Handschuhe reichte, erhielt er im Gegenzug ein noch nicht aufgeschnittenes Exemplar des *Morning Chronicle* überreicht. All dies erfolgte wortlos, als wäre der Ablauf einstudiert.

Noch bevor Fogg die Zeitung entfalten konnte, fiel ihm eine Schlagzeile ins Auge. Die sicherste Bank Englands (vielleicht der ganzen Welt) – die *Bank of England* – war beraubt worden! Ein Diebstahl von noch nie da gewesenem Ausmaß. Das beschäftigte seinen Geist außerordentlich.

Laut ersten Informationen war es dem Dieb gelungen, 55.000 Pfund Sterling zu erbeuten. Eine unvorstellbare Summe! Der Dieb schien völlig unbemerkt von Wachpersonal und Angestellten während des laufenden Betriebs am gestrigen Morgen bis zum Tresorraum vorgedrungen zu sein. Der Tresor selbst stand, laut Angaben der Zeitung, noch offen und so konnte der Täter eindringen und ungehindert diese enorme Summe erbeuten. Ebenso unbemerkt war er wieder entkommen.

„Faszinierend", entfuhr es Fogg nun, der keineswegs Sympathie für den Dieb empfand. Und doch ließ ihn diese Geschichte nicht mehr in Ruhe. Fogg versuchte sich an seinen gestrigen morgendlichen Spaziergang zurückzuerinnern, der aufgrund von vier wirklich seltsamen Begegnungen alles andere als ruhig verlaufen war. Nicht nur sein Notizheft war gut gefüllt, sondern auch die Titelseite des *Morning Chronicle* zeigte, dass in der Londoner Innenstadt gestern einiges los gewesen war – der perfekte Tag, um unbemerkt zu entkommen. Bevor er seinen morgendlichen Kaffee genießen konnte, begann Fogg, seine Beobachtungen und die Informationen aus den Zeitungsartikeln zusammenzutragen. Konnte es sich bei einer seiner Begegnungen womöglich um den Bankräuber gehandelt haben?

1. Beobachtung: 10:15 Uhr, Moorgate Street

- wichtige Bankangelegenheit pünktlich zu 10 Uhr erledigt
- junger Bursche in übergroßer Kleidung und Beutel in der Hand läuft an mir vorbei
- unter seiner zu großen Kopfbedeckung mit rot-grünem Abzeichen lugte ein langer blonder Haarschopf hervor

Extra Nr. 1
Extra Nr. 2

2. Beobachtung: 10:50 Uhr, Fleet Street
- lege eine kurze Rast auf einer Parkbank ein
- großer Mann mittleren Alters mit zerissener Kleidung eilt an mir vorbei
- zerzauster Vollbart und verschwitztes Gesicht mit ängstlichem Ausdruck
- in seiner Eile fielen ihm mehrere Pfundscheine von hohem Wert aus seinen Jackentaschen

3. Beobachtung: 11:25 Uhr, St. Martins Lane
- nach Verlassen der belebten Gegend um Charing Cross in Richtung Norden fiel mir eine große Gestalt in langem schwarzen Mantel auf
- trug beeindruckend detailreich gestaltete Maske
- wirkte orientierungslos und gehetzt, während er sich in alle Richtungen umschaute
- verschwand in eine enge Gasse

4. Beobachtung: 11:50 Uhr, Pall Mall
- auf dem Rückweg zum Reform Club rempelte mich Herr in vornehmem Mantel und mit tief ins Gesicht gezogenem Zylinder an
- seiner Aufmachung nach musste es sich um Gentleman höheren sozialen Standes handeln, sein rücksichtsloses Verhalten verwundert jedoch
- eilte weiter in Richtung der Pall Mall und verschwand im Eingang eines Gentlemen's Club

Long. East
from Greenwich

Alles oder nichts

Fogg betrat den Speisesaal des Clubs. Er hatte mit detektivischem Gespür bahnbrechende Erkenntnisse über den Bankräuber gewonnen: Der Täter musste nicht nur ein kultivierter Gentleman sein, sondern vor allem über ein enorm fundiertes Insiderwissen verfügen, um seinen tollkühnen Diebstahl vor aller Augen durchführen zu können. Darüber hinaus musste dieser edle Mann ein Mitglied eines Gentlemen's Club auf der Pall Mall sein! Das engte den Täterkreis, wie Fogg meinte, stark ein. Es konnte sich um keinen gewöhnlichen Dieb handeln. Allerdings war es die Aufgabe von Scotland Yard, den Bankräuber zu überführen, und nicht seine ...

Äußerlich völlig gleichgültig nahm Fogg sein Mahl wie gewohnt ein. Anschließend erwarteten ihn im Salon seine Whistpartner zum Kartenspiel: die Gentlemen Ingenieur Andrew Stuart, die Bankdirektoren John Sullivan und Samuel Fallentin, der Brauereibesitzer Thomas Flanagan sowie der Verwalter der *Bank of England* Sir Gauthier Ralph. Auch bei diesen ehrenwerten Mitgliedern des Clubs drehte sich das Gespräch um nichts anderes als den unbegreiflichen Diebstahl.

Zum Teil heftig diskutierten die Herren über die Sittenlosigkeit der Diebe, die es sogar gewagt hatten, die *Bank of England* zu berauben. Gauthier Ralph ereiferte sich verständlicherweise besonders, war doch der Ruf und das Wohlergehen „seiner“ Bank durch diesen Diebstahl stark in Mitleidenschaft gezogen.

„Scotland Yard sowie zahlreiche private Detektive sind eingeschaltet, den Bankräuber ausfindig zu machen“, beendete er eine längere Rede.

„Weit kann der Dieb nicht kommen“, mutmaßte Bankdirektor Fallentin, der doch sehr beruhigt schien, dass nicht sein eigenes Haus in die Schlagzeilen geraten war.

„Wir wollen doch sehr hoffen, dass dieses Verbrechen keine Schule macht“, äußerte Ralph verschnupft.

„Wo kämen wir da hin!“, stimmte ihm der Brauereibesitzer Flanagan zu.

„Meine Herren“, ließ sich Fogg an dieser Stelle scheinbar ungerührt vernehmen, „das Spiel, bitte!“

„Wie immer ganz der Bedächtige“, meinte Ralph zu Fogg.

„Haben Sie denn keine Meinung zu der Sache?“, fügte Bankdirektor Sullivan hinzu.

„Gentlemen, selbstverständlich habe ich eine Meinung“, erwiderte Fogg sachlich und schwieg dennoch.

„Wenn Sie diese freundlicherweise äußern könnten, wären Ihre Mitspieler Ihnen sehr verbunden“, meinte der Ingenieur Andrew Stuart freundlich.

Fogg blickte kurz in die Runde, dann verkündete er: „Es war möglich, daher ist es passiert.“

„Was soll denn dieser Blödsinn bedeuten?“, entfuhr es Ralph nach einer kurzen Pause. Er schien sich immer mehr von Foggs Art provoziert zu fühlen.

„Lassen Sie uns doch einfach dieses Spiel spielen. Sie sind dran, Flanagan!“, sagte Fogg ungerührt von dem Ausbruch.

Doch auch die anderen Herren schienen das Interesse an Whist verloren zu haben, zumindest für den Augenblick.

„Sie behaupten, es war möglich, also ist es passiert?“

„Ja.“ Fogg schaute nicht von seinen Karten auf. „Und der Täter muss über sehr präzises Wissen über die Bank verfügen. Niemand sonst hätte das verüben können.“

Ralph blickte Fogg verbissen an. „Ungeheuerlich“, rief er aus, und sein Unterton ließ keinen Zweifel daran, dass er Foggs Aussage ins Lächerliche ziehen wollte.

„Gentlemen, alles, was menschenmöglich ist, wird früher oder später auch passieren, und so kann auch die sicherste Bank der Welt ausgeraubt werden, wenn jemand alles daransetzt.

Erst heute Morgen habe ich im *Morning Chronicle* lesen dürfen, zu was die Menschheit in der Lage ist.“ Fogg holte die Zeitung hervor und verwies auf die Artikel. „Einerseits haben wir eine raffinierte Weltumrundung –

der beste Beweis für menschlichen Fortschritt! Und andererseits einen durchtriebenen Bankraub, den die Welt so noch nicht gesehen hat."

„Fogg", ereiferte sich Bankier Ralph wutentbrannt, „von dem, was Sie reden, verstehe ich kein Wort. Ich kann dieses Gerede nicht mehr hören!"

Um die Wogen zwischen Fogg und Ralph zu glätten, lenkte der Ingenieur Andrew das Gesprächsthema in eine andere Richtung und meinte daher: „In diesem Artikel über die Weltumrundung, wie lange benötigt der Reisende für sein Unterfangen? Einhundert Tage?"

„Nein, im Artikel steht etwas von 80 Tagen", sagte Fogg fest. „Und ich denke, dass mir diese Reise gelingen könnte."

„Achtzig?", erkundigten sich die Gentlemen ungläubig unisono.

„Ja, selbstverständlich", meinte Fogg gelassen. „Denn immerhin stehen uns die modernsten und schnellsten Dampfschiffe und Züge zur Verfügung."

„Und schon wieder strotzen Sie nur vor Hochmut und Überheblichkeit. Beweisen Sie es!", forderte Ralph seinen Whistpartner Fogg heraus.

„Meine Herren", erwiderte Fogg sogleich, der das drängende Gefühl nicht loswurde, ihn habe in eben dieser Sekunde ein besonderer Ruf ereilt.

Phileas Fogg überlegte nicht lange, legte die Karten beiseite und verkündete: „Als Mann von Wort kann ich das nicht auf mir sitzen lassen. Ich werde den Beweis antreten und wette mein halbes Vermögen sowie meine Reputation darauf, dass ich in genau 80 Tagen, pünktlich um 8 Uhr abends, wieder hier erscheinen werde!"

„Fogg", fuhr Stuart dazwischen, „um Himmels willen, lassen Sie es dabei bewenden. Das sind doch nur Grillen."

Gauthier Ralph hingegen ließ nicht locker: „Gut, wie Sie wünschen, Fogg. Ich nehme Ihre Wette an und halte mit 20.000 Pfund dagegen, dass Sie das nicht schaffen werden!"

„Meine Herren, so bleiben wir doch vernünftig", warf der Ingenieur ein. Doch die Wettleidenschaft hatte auch die übrigen Herren der Gesellschaft erfasst.

„Ich nehme die Bedingungen an“, sagte Fogg entschlossen und erhob sich sogleich.

„Wo wollen Sie denn hin?“

„Ich nehme den Spätzug nach Dover.“

„Aber doch nicht heute!“

„Wann denn sonst!? Beschlossen ist beschlossen. Erwarten Sie mich am Samstag, dem 21. Dezember, um acht Uhr und fünfundvierzig Minuten wieder genau hier. Guten Tag, meine Herren!“

Mit diesen Worten verließ Fogg seine verdutzten Wettgegner und tat genau das, was er angekündigt hatte. Zuvor hatten die Gentlemen noch einen Wettschein mit ihren Siegeln angefertigt; damit war die Wette nun offiziell. Nach einem kurzen Umweg über die Savile Row, wo er den überraschten Passepartout nur die allerwichtigsten Reisegegenstände einsammeln hieß, brach Phileas Fogg auf, um erst nach Dover und dann einmal um die Welt zu reisen. In 80 Tagen.

Doch am Bahnhof angekommen, wurde der Reiseplan sofort durchkreuzt: Der nächste Spätzug, der sie direkt von London nach Dover bringen sollte, fiel aus. Während dies bei Passepartout die Hoffnung weckte, diese waghalsige und in seinen Augen vollkommen unmögliche Reise doch nicht antreten zu müssen, suchte Fogg schon nach einer neuen Route. Bereits vor Beginn der Reise hatte er drei alternative Zugverbindungen aus seinem *Bradshaw's Continental Railway Steam Transit* herausgeschrieben. Nur leider hatte Passepartout beim Packen der Reisetasche das Tintenfass nicht richtig verschlossen, sodass diese wichtigen Informationen kaum noch zu entziffern waren. Mit welcher Verbindung können sie die erste Fähre in Dover am nächsten Morgen noch erreichen?

	Verbindung 1	Verbindung 2	Verbindung 3
Abfahrtzeit in London	[illegible] Uhr	23:40 Uhr	[illegible] Uhr
Fahrzeit (L-Ch)	2:39 Std.	2:37 Std.	2:42 Std.
Ankunft in Chatham (Ch)	1:44 Uhr	[illegible] Uhr	3:16 Uhr
Dauer Aufenthalt	1:14 Std.	0:57 Std.	0:34 Std.
Abfahrt in Chatham	[illegible] Uhr	[illegible] Uhr	[illegible] Uhr
Fahrzeit (Ch-D)	2:42 Std.	1:59 Std.	2:08 Std.
Ankunft in Dover (D)	[illegible] Uhr	[illegible] Uhr	[illegible] Uhr
Abfahrt Fähre in Dover	[illegible] Uhr	[illegible] Uhr	[illegible]

Topp, die Wette gilt!

Gesagt, getan. Nun stand die erste Route fest. Es ging mit dem Zug um 23:40 Uhr von London aus über Chatham nach Dover. Von nun an tickte für Phileas Fogg, Esquire, die Uhr – entweder er gewann oder verlor, denn die Einhaltung wie die Exaktheit der Fahrpläne rund um den Globus waren die wichtigsten Voraussetzungen für ein erfolgreiches Gelingen. Alles stand für ihn auf dem Spiel – seine Ehre und sein Vermögen.

Doch kaum hatten sie in den bequemen Sitzen ihres Abteils Platz genommen, schreckte Passepartout hoch. In der allgemeinen Aufregung hatte er in der Droschke auf dem Weg zum Bahnhof die Reisetasche seines Herrn liegen lassen. Darin befand sich ihre gesamte Barschaft – nicht weniger als Foggs halbes Vermögen. Passepartout hechtete durch den Bahnhof zurück zur Droschke, holte die Tasche und nahm dann die Beine in die Hand, um im allerletzten Augenblick auf den bereits abfahrenden Zug nach Chatham wieder aufzuspringen. Fogg schärfte seinem Diener ein, ein solcher Fehler dürfe ihm kein zweites Mal unterlaufen. Von nun an umklammerte Passepartout die Reisetasche, als hinge sein Leben davon ab.

Passepartout stand immer noch unter Schock, nachdem sein Herr ihm so kurzfristig angekündigt hatte, wohin sie reisen würden.

Und das, obwohl sein neuer Dienstherr in dem Ruf stand, nie seine Gewohnheiten zu ändern. Erst recht nicht zu verreisen!

„Um die ganze Welt?", hatte Passepartout stotternd gefragt, denn er konnte sich nicht mal im Traum ausmalen, was das genau bedeutete.

„Aber natürlich", hatte Fogg in seiner typisch stoischen Manier geantwortet, als sei das gar nichts Besonderes.

So weit verlief alles erst mal nach Plan und sie erreichten die erste Fähre in Dover in aller Frühe am 3. Oktober. Doch der Ärmelkanal erwies sich an diesem besagten Morgen als widerspenstig. Mit über einer Stunde Verspätung legten sie in Calais an. Und obwohl sie ihren Zug nach Paris verpassten und sich ihre Weiterfahrt somit ziemlich sicher verzögerte, ließ sich Fogg nicht beirren.

Er schnippte mehrmals mit den Fingern und blickte sich dabei, nach einer Lösung suchend, um. Prompt fiel ihm ein Gefährt ins Auge: eine Draisine. Er mietete das Fahrzeug mit sechs kräftigen Arbeitern. An jede Seite kamen drei (wo sonst zwei Männer standen), denn es musste ja schnell gehen. Außerdem legten Fogg und Passepartout selbst mit Hand an. Auf diese Weise konnte sich immer einer ausruhen. Die Fahrt von Calais bis Paris gestaltete sich so als eine bespiellose Aufholjagd – Draisine gegen Dampflok. Welches Gefährt würde früher im Gare du Nord einlaufen? Anfangs nahm die schwere Draisine nur langsam Fahrt auf. Doch schon bald sprühten Funken. Die wilde Wettfahrt beeindruckte viele Franzosen.

Frauen, Männer und Kinder kamen zu den Gleisen gelaufen, wenn das laute Klack-Klack des aufeinanderschlagenden Stahls die schnelle Durchfahrt der Draisine ankündigte. Und siehe da: Die Eisenbahn-Draisine nahm so viel Geschwindigkeit auf, dass sie den Zug nach Brindisi noch rechtzeitig in Paris erwischten. Dieses Wettrennen gleich zu Beginn seiner großen Weltumrundung steigerte die Aufmerksamkeit für Foggs Unterfangen auch in seiner Heimat. Die sechs Draisine-Fahrer freuten sich trotz der enormen Strapaze über eine großzügige Entlohnung.

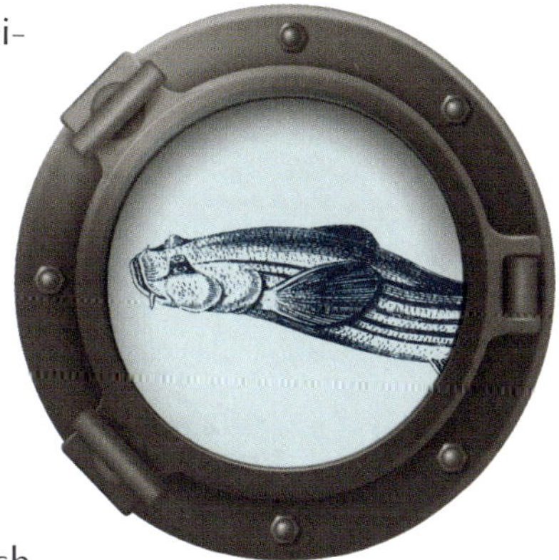

Die weitere Eisenbahnfahrt durch Europa bis ins südliche Italien verlief ohne weitere Zwischenfälle. Auch Fogg und sein Diener konnten sich von der enormen Kraftanstrengung erholen. Sie lagen nun wieder gut in ihrem Zeitplan. Doch Fogg war sich bewusst, dass das Unvorhergesehene bald wieder zuschlagen würde. In Brindisi begab sich Fogg schnurstracks an Bord des Dampfers *Mongolia*, während Passepartout die Aufgabe erhielt, am Schalter der Schifffahrtsgesellschaft für ihre Karten zu sorgen. Dann beeilte auch er sich, seinem Herrn über die Gangway an Board der *Mongolia* zu folgen.

Doch kaum hatte Passepartout das große Schiff mit seinen unzähligen Gängen und Treppen betreten, hatte er seinen Herrn auch schon aus den Augen verloren. Wo war dieser nur? Vom Gewirr der Gänge überfordert, wusste er nicht, wie er die Kabine finden sollte.

Extra Nr. 3

Passepartouts Geheimnis

Auch nachdem Passepartout die Kabine seines Herrn erreicht hatte, tat er sich anfangs noch schwer, sich an Bord zu orientieren. Das legte sich erst langsam. Nun, Tage später, traf der Dampfer *Mongolia* mit geringer Verspätung im Hafen von Suez ein und ging dort vor Anker. Die Passagiere stiegen in kleinere Ruderboote um, die sie an Land brachten. Auch Fogg und sein Diener befanden sich darunter. Den Suezkanal mit seinen einhundertvierundsechzig Kilometern Länge, der erst vor drei Jahren nach jahrzehntelanger Bauzeit neu eröffnet worden war, hatten sie hinter sich gebracht. Vor ihnen lag das Rote Meer.

Nun erhoffte Fogg sich, nach etlichen Tagen auf See, die Beine vertreten und vor allem im dortigen englischen Konsulat einen Visastempel für seinen Pass abholen zu können. Mit diesem wollte er seinen Wettgegnern im Reform Club beweisen, dass er auch tatsächlich die Reise unternommen hatte.

Die Ruhezeit an Bord des Dampfers hatte Fogg nicht nur zur Muße und zum Whistspielen genutzt. Er hatte vielmehr seine Reise geplant. Minutiös. Den *Bradshaw-Reiseführer* hatte er rauf und runter geblättert und sämtliche Abfahrtzeiten, Routen und Häfen studiert, kontrolliert und vor allem koordiniert. Auch Passepartout sollte exakt wissen, was geschehen würde. Gewissenhaft notierte er sich alle wichtigen Informationen, auch wenn ihn die schiere Vorstellung, den Globus zu umrunden, noch immer reichlich schockierte.

Obwohl das Einerlei seines geruhsamen Lebens in London natürlich angenehme Seiten hatte, fühlte sich Fogg durch sein Vorhaben belebt. Das merkte er vor allem, als sie nun wieder Land betraten.

Die quirlige Hafenstadt blühte erst seit der Eröffnung des Suezkanals richtig auf. Allerhand Händler, Menschen und Vieh trieben sich am Kai herum. Das gesamte Treiben bot einen eindrucksvollen Anblick.

„Darf ich mich Ihnen als Führer anbieten?", wurde Fogg auf einmal angesprochen. „Wohin möchte der ehrenwerte Gentleman?"

Fogg schwieg. Vor ihm stand ein drahtiges Kerlchen im karierten Reiseanzug. Irgendetwas an ihm bedeutete Fogg, misstrauisch zu sein.

„Vielen Dank, aber wir benötigen solche Dienste nicht", meinte Fogg.

„Oh, verstehe", beeilte sich der Fremde freundlich hinzuzufügen. „Mein Name ist Fix, Wilbur Fix, und ich arbeite für die britische Regierung. Suez ist ein sehr turbulentes Städtchen geworden, in dem sich Fremde leicht verlaufen können."

Fix berichtete, dass der Konsul selbst ihn abbestellt habe, um den ankommenden ehrenwerten Gentleman aus der Heimat behilflich zu sein. Fogg erkannte, dass es nützlich sein könnte, Hilfe anzunehmen. Vor allem im Hinblick darauf, pünktlich wieder an Bord der *Mongolia* zu sein.

Noch etwas zögerlich antwortete Fogg: „Wir möchten auf dem schnellstmöglichen Weg zum englischen Konsulat."

„Sehr gerne", rief Fix aus, „wenn Sie mir bitte folgen wollen!"

Sie setzten sich in Bewegung und kamen ins Gespräch. Auch wenn Fix ihm etwas zu beflissen erschien, so konnte Fogg doch gegen seinen allerersten Eindruck nichts Tadelnswertes an seinem Verhalten feststellen.

„Bei den Behörden herrscht reichlich Aufregung", erklärte Fix nun, „wie Sie sicherlich wissen, ist die *Bank of England* beraubt worden. Der Konsul fürchtet, der Räuber könnte sich bei seiner Flucht womöglich über Suez ins Ausland absetzen wollen."

Den Bankraub hatte Fogg nicht vergessen. Das erwähnte er auch gegenüber seinem Führer Fix, der sich von Foggs Unterfangen ganz begeistert zeigte, und fügte noch hinzu: „Nun, wenn ich ein Bankräuber wäre und alle würden mich im Ausland vermuten, dann würde ich genau das nicht tun."

„Was denn, Sir?", hakte Fix nach.

„England verlassen!"

Passepartout wie Fix lobten Foggs interessante Schlussfolgerung. Dann hatten sie auch das Konsulat erreicht. Fix bot sich an, auf Fogg zu warten, bis der seine Angelegenheiten erledigt hätte, und ihn anschließend wieder sicher zum Dampfer zurückzugeleiten.

Im englischen Konsulat erhielt Phileas Fogg ohne längeres Warten von einem etwas mürrisch wirkenden britischen Schalterbeamten den gewünschten Visastempel und so konnten sich die Herren schon bald wieder auf den Rückweg zum Hafen machen, denn die Abfahrt der *Mongolia* stand kurz bevor. Suez war auf der Route des Dampfschiffs nur eine Zwischenstation. Ihr Weg führte über Aden, wo neue Kohle geladen werden sollte, bis nach Bombay.

Fix geleitete Fogg und Passepartout über den hiesigen Basar, da sie noch einige dringende Besorgungen für ihre Reise erledigen mussten. Zurück am Kai verabschiedete sich Fix mit den besten Wünschen für Foggs Unterfangen, dann verschwand er im Gewühl auf der Landungsbrücke. Dabei verlor er einen zerknüllten Zettel, den Passepartout aufhob. Es handelte sich um einen Brief. Doch Passepartout konnte diesen nicht lesen. Er war mit einer Geheimschrift codiert. Merkwürdig. Passepartout folgte seinem Herrn an Bord, während er unablässig darüber nachdachte: Wie konnte er diesen Zettel nur entschlüsseln?

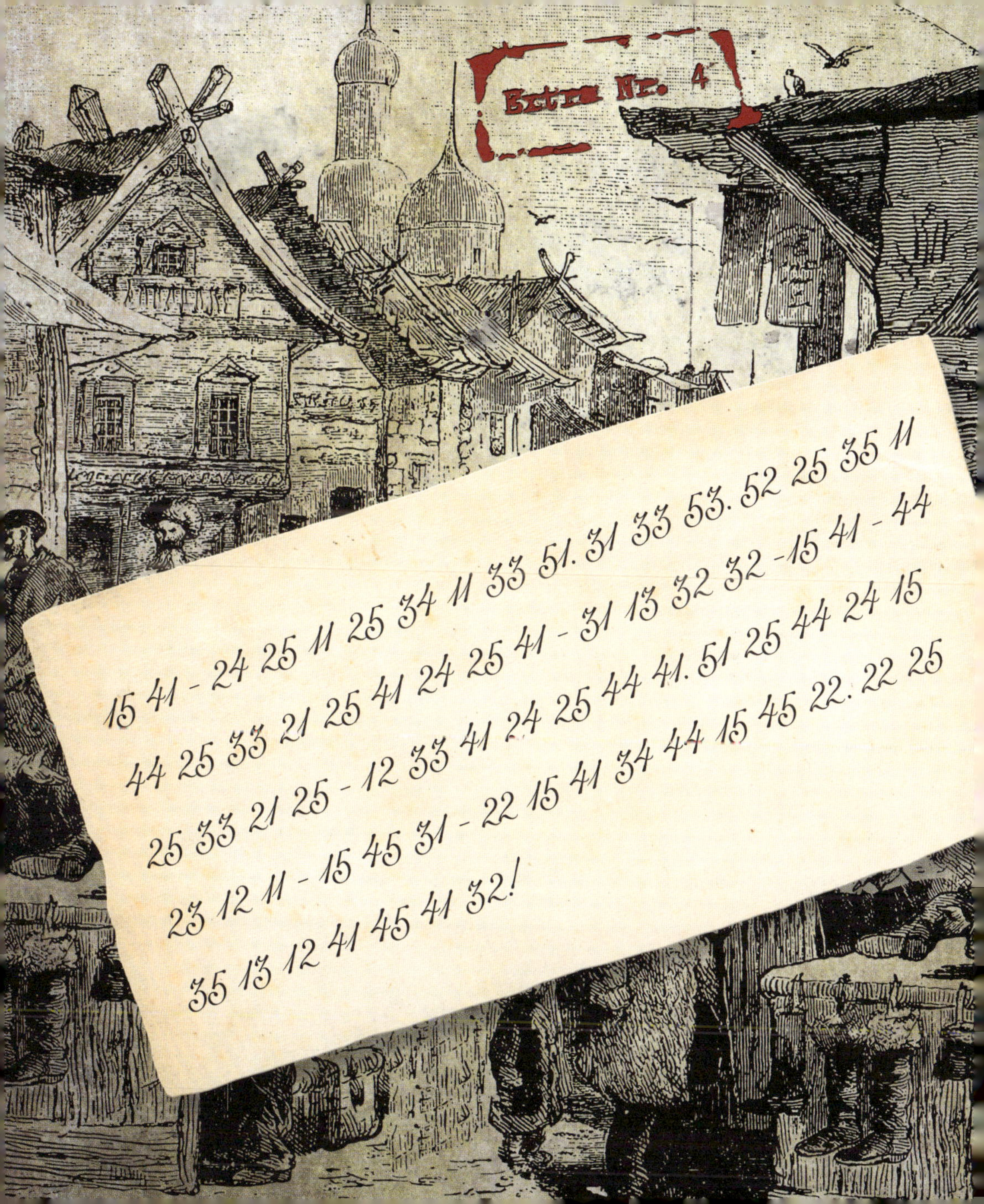
Extra Nr. 4
15 41 - 24 25 11 25 34 11 33 51. 31 33 53. 52 25 35 11
44 25 33 21 25 41 24 25 41 - 31 13 32 32 -15 41 - 44
25 33 21 25 - 12 33 41 24 25 44 41. 51 25 44 24 15
23 12 11 - 15 45 31 - 22 15 41 34 44 15 45 22. 22 25
35 13 12 41 45 41 32!

2
DHEF
LHU 01.05.09

Eine Begegnung mit der Vergangenheit

Wenn Passepartout gewusst hätte, dass Fix ein Detektiv war und Fogg des Bankraubs verdächtigt wurde, hätte er seinen Herrn warnen können. Nur leider hatte er es nicht geschafft, den rätselhaften Zettel zu entschlüsseln, und so verlief die Überfahrt der *Mongolia*, des schnellsten Dampfschiffs der Peninsular- und Orient-Gesellschaft mit seinen 500 PS, über den Indischen Ozean ohne nennenswerte Zwischenfälle. Zwar hatte das Meer wetterbedingte Launen gezeigt, die zeitweise so heftig wurden, dass Passepartout unter Seekrankheit litt, aber alles in allem hatte sich das schnell wieder gelegt.

Von Fogg und Passepartout unbemerkt, befand sich auch Wilbur Fix, der Mann mit dem geheimnisvollen Brief, an Bord. Fix sollte sie fortan heimlich verfolgen und ihre Geschicke durchkreuzen, unheilvoll, wie ein böser Schatten.

Es war terminiert, dass das Dampfschiff am 22. Oktober in Bombay einlaufen sollte. Tatsächlich erreichte es den Hafen zwei Tage früher. Der Grund dafür lag schlicht darin, dass Fogg den Kapitän so sehr von seinem Vorhaben begeistert hatte, dass sich dieser angespornt fühlte, all sein seemännisches Können in die Waagschale zu werfen, um den eigenen Linienrekord zu brechen. Das war ihm wahrlich gelungen!

Fogg hatte nun einen Zwei-Tages-Vorsprung erwirtschaftet. Dennoch begab er sich mit seinem Diener auf direktem Weg vom Hafen zum Bahnhof. Nur keine Zeit verlieren! Von Bombay sollten sie mit dem Zug quer durch den indischen Subkontinent bis nach Kalkutta fahren.

Kaum hatten sie einen Platz im bequemen Abteil eines Erste-Klasse-Waggons bezogen, ertönte eine donnernde Stimme.

„Fogg!", rief jemand bedrohlich aus. „Was in drei Teufels Namen treibst du alter Halunke in Indien?"

Fogg zeigte äußerlich keinerlei Regung. Vor ihnen baute sich ein grimmig aussehender Soldat auf. Der Mann in fortgeschrittenen Jahren trug die Uniform eines englischen Generals. Sein Benehmen dagegen war als rüpelhaft anzusehen.

„Hätte nie gedacht, dass wir uns nochmals über den Weg laufen." Der Mann klang fast feindselig. Passepartout wurde angst und bange. Was passierte hier?

„Cromarty", entgegnete Fogg schlicht. „Wie ich sehe, bist du zum General befördert worden."

„In der Tat", bellte der Offizier mit geschwellter Brust zurück. „Wir zwei haben noch ein Hühnchen zu rupfen."

Passepartout riss die Augen auf. Wollte sich der General etwa mit seinem Herrn duellieren?

„Bis es so weit ist", entgegnete Fogg gelassen, „setz dich gerne zu mir für eine Partie Whist."

Das ließ sich der aufgebrachte General nicht zweimal sagen und so spielten die Gentlemen kurzerhand Karten. Passepartout schüttelte verwirrt den Kopf.

Als der Brigadegeneral im Verlauf der langen Zugfahrt von Foggs Vorhaben erfuhr, lachte er höhnisch auf. Ansonsten ließ er es unkommentiert. Phileas Fogg seinerseits fühlte die Aufregung der Reise. Seine Erfahrung sagte ihm, dass er das Unmögliche schon leisten würde. Wie oft hatte er mitbekommen, wie die Gesellschaft oder die Gentlemen im Club sich hinter vorgehaltener Hand fragten, was er in seiner Jugend getrieben habe. Tatsächlich hatte sich da gar nichts ereignet, worüber man nicht hätte reden können. Das ein oder andere Abenteuer - gewiss! Eher aber Strapazen und Entbehrungen. Er hatte einen Großteil seiner Jugend auf See verbracht, was ihm, im Vergleich zu anderen Gentlemen seines Standes, mit einer Offenheit und Unvoreingenommenheit wie einem ungewöhnlichen Repertoire an Fähig- und Fertigkeiten belohnt hatte. Aber das waren seine Erlebnisse und Fogg war keine Plaudertasche. Prahlerei lag ihm fern, aber nun sollten die ehrenwerten Gentlemen mal erleben, dass er mehr konnte, als nur die richtige Karte auszuspielen!

Plötzlich erschütterte ein gewaltiges Rucken und Poltern den Zug. Es folgten Lärm und Geschrei und die Passagiere wurden wild durcheinandergeworfen. Dann blieb der Zug ruckartig stehen. Das Abteil, in dem sich Fogg befand, stand schräg. Die Lok war entgleist und mit ihr eine Reihe von Waggons. Der Schaden war immens, allerdings war der Unfall für die Passagiere glimpflich verlaufen. An eine Weiterfahrt war jedoch nicht zu denken.

Nach zwei Tagen im Zug befanden sie sich nun mitten im unzugänglichen Hinterland Indiens - im Nirgendwo des Dschungels. Und bis Allahabad war es noch weit.

Fogg überlegte: Er konnte warten, bis die Eisenbahngesellschaft Hilfe schickte und die Lok samt Anhängern wieder auf den Gleisen stand – wobei keiner vorhersagen konnte, wann das passieren würde. Oder aber er suchte nach einer anderen Lösung. Er musste nicht lange überlegen.

„Cromarty, willst du uns begleiten?", bot Fogg dem General an.

Passepartout riss überrascht die Augen auf. Den General, der angeblich noch ein Hühnchen zu rupfen hatte mit seinem Herrn, wollte er lieber loswerden. Und jetzt bot Fogg ihm an, mit ihnen zu reisen!

Einen Kommentar diesbezüglich blockte sein Herr ab, stattdessen sagte er ihm: „Es ist immer gut, einen Cromarty bei sich zu haben!"

Passepartout zuckte angesichts dieser rätselhaften Worte die Schultern und beeilte sich dann, seinem Herrn zu folgen, der bereits vorausgeeilt war.

Sein Ziel war das nahegelegene Dörfchen Khordy. Hier hatte er mit erstaunlicher Entschlossenheit schnell gefunden, wonach er suchte: ein neues Fortbewegungsmittel, wenn auch ein für Europäer recht bizarres. Kiuni war ein Kampfelefant, jedoch als solcher viel zu gutmütig. Sein Besitzer ließ sich gerne auf einen Handel ein und setzte noch einen Führer obendrauf. Der Führer, in Indien Mahut genannt, schien froh, dem Besitzer entkommen zu können. Und so brach die Gesellschaft, bestehend aus Fogg, seinem Diener sowie dem General Cromarty, auf, quer durch den indischen Dschungel einen Pfad zu finden.

Dabei war ihnen entgangen, dass ihr geheimnisvoller Schatten, der sie auf Tritt und Schritt verfolgte, Löcher in ihre Gepäckstücke geschnitten hatte und sie so ihre Reiseutensilien verloren. Wo um alles in der Welt waren ihre Gepäckgegenstände?

Hilf der Reisegruppe dabei, alle 13 verlorenen Gegenstände einzusammeln.

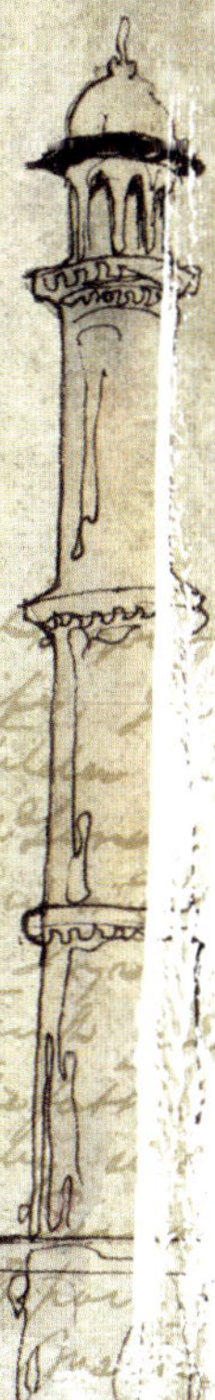

Die Flucht der Prinzessin

„Wir müssen sie befreien!", forderte Passepartout eifrig.

Fogg und seine Begleiter beobachteten schon seit geraumer Zeit eine äußerst sonderbare Situation in einer indischen Tempelanlage. Zuvor hatten sie mühselig ihre Gepäckstücke wieder eingesammelt.

Eine Frau war geknebelt und gefesselt abgeführt worden. Ihr Mahut wusste zu berichten, dass es sich dabei um die Ehefrau des hiesigen Radschas, Prinzessin Aouda, handeln musste. Die Hintergründe waren unklar. Die junge Prinzessin wehrte sich vehement mit all ihren Kräften gegen das ihr aufgezwungene Schicksal.

„Mein Herr", flehte Passepartout Fogg an, da er dessen Zögern missverstand.

„Beruhige dich, Passepartout", erklärte Fogg gelassen, aber bestimmt, „die Rettung dieser Frau ist längst beschlossen. Wir sind ja keine Unmenschen!"

Passepartout atmete erleichtert aus.

„Oh, nein", entfuhr es jetzt Brigadegeneral Cromarty, „was droht uns nun wieder, ein echter Phileas Fogg, was?"

„Cromarty", fragte Fogg ernst, „bist du dabei oder nicht?"

Der General antwortete aufbrausend: „Wie kannst du es wagen, das in Zweifel zu ziehen? Du hast mir einst das Leben gerettet, damals bei Kingstown. Im Traum würde es mir nicht einfallen, dich im Stich zu lassen. Ich wünschte nur, ich hätte meine Brigade bei mir. Nicht das erste tollkühne Ding, das dein Brötchengeber durchzieht", raunte der General dem verwundert dreinblickenden Passepartout zu.

Dann war das feindselige Verhalten des Generals bloß eine Masche gewesen? Ein Hühnchen rupfen – seltsame Art, seine Sympathie für jemanden zu zeigen. Auch sein Herr, Phileas Fogg, steckte voller Überraschungen! Was hatte Fogg neulich im Zug zu ihm gesagt? Es sei immer gut, einen Cromarty bei sich zu haben. Nun verstand er es. Angesichts des zahlenmäßig überlegenen Gegners war ihr Vorhaben als ein wahres

Himmelsfahrtskommando zu bezeichnen. Nur mithilfe eines Täuschungsmanövers konnte die Befreiung gelingen.

Doch dazu kam es nicht. In diesem Augenblick brachen völlig überraschend eine Handvoll Krieger durch das Dickicht und umstellten Fogg und seine Gefährten. Ihre grimmigen Gesichter drückten pure Feindseligkeit aus. Dieser Überfall kam derartig unerwartet, dass ihnen nichts anderes übrig blieb, als sich zu ergeben. Sie mussten sich zu laut unterhalten haben und waren daher vorzeitig entdeckt worden. Einzig ihrem Mahut gelang es, den Häschern unbemerkt zu entwischen und zum im Urwald wartenden Elefanten zurückzukehren. Fogg, Cromarty und Passepartout wurden gefesselt und zur Pagode geführt. Dort band man sie gemeinsam an einen Pflock, der sonst wahrscheinlich dazu diente, Ziegen oder anderes Vieh anzubinden. Passepartout nahm diese Herabwürdigung missbilligend zur Kenntnis. Die Krieger ließen sie, ohne ein einziges Wort an sie gerichtet zu haben, zurück.

„Europäer dürfen dort vermutlich nicht hinein“, mutmaßte Fogg, der beobachtete, wie die Krieger in der Pagode verschwanden. Sie waren nun allein und ohne Aufsicht, weshalb Passepartout sofort begann, wie wild erst an dem Strick, später an dem Pflock zu rütteln. Erfolglos.

„Du hast doch längst, hoffe ich, einen Plan gefasst?“, erkundigte sich Cromarty bei Fogg.

Fogg wollte eben zu einer Antwort ansetzen, als im Tempel ein gewaltiger Tumult ausbrach. Lautes Geschrei war zu vernehmen. Geschepper und Gerumpel. Dann war es still.

Gespannt blickten Fogg und seine Mitstreiter Richtung Tür. Was war da los? Uns was würde als Nächstes passieren?

Plötzlich erschien Prinzessin Aouda in aller Eile in der Tür, in der Hand hielt sie einen gewaltigen Krummsäbel. Ihr dicht auf den Fersen folgten zwei wütende Krieger. Die Prinzessin hatte sich von ihren Fesseln befreit, ihre Peiniger überwunden und nun war sie auf der Flucht. Doch ihre

Verfolger drohten sie zu erwischen. Kurz bevor einer der Männer Aouda ergreifen konnte, ging sie urplötzlich in die Knie und duckte sich damit unter ihrem Verfolger „hindurch“. Ein simpler, aber wirkungsvoller Trick. Bis die völlig verdatterten Krieger merkten, was geschehen war, hatte sich Aouda hinter ihnen flink wieder aufgerichtet und schlug beiden Männern mit der stumpfen Seite des Säbels auf den Hinterkopf. Die gestandenen Krieger sackten in sich zusammen. Über den durchbrechenden Erfolg ihrer Schläge war selbst die Prinzessin kurzzeitig überrascht. Dann riss sie sich zusammen und setzte ihre Flucht fort. Als sie an Fogg, Cromarty und Passepartout vorbeikam, würdigte sie die drei keines Blickes. Doch dann machte sie kehrt und durchtrennte mit einem Streich des Säbels das Seil, das die gefesselten Männer an den Pflock band. Um die einzelnen Handfesseln zu durchschneiden, fehlte momentan die Zeit. Verdutzt blickten Fogg und seine Mitstreiter der Prinzessin, die ganz offensichtlich genug Schneid besaß, sich selbst zu helfen, hinterher.

Dann tauchten immer mehr wutschnaubende Krieger auf. Und von denen war keine Gnade zu erwarten. Höchste Eile war geboten. Fogg, Cromarty und Passepartout nahmen die Beine in die Hände und verschwanden, der Prinzessin hinterher, im Dschungel. Dort wartete auch der Mahut mit Kiuni. Kurz entschlossen half er den Gefesselten und Aouda auf den Elefanten, damit sie eilig ihre Flucht fortsetzten konnten.

Noch lange waren die Rufe ihrer Verfolger hinter ihnen zu vernehmen, bis diese schließlich verstummten.

„Vielen Dank für unsere Befreiung.“, sagte Fogg zu Aouda, „Eigentlich hatten wir vor, Sie zu retten. In der Tat habe ich noch nie so etwas Mutiges gesehen. Wie haben Sie Ihre Fesseln gelöst? Und könnten Sie diese Fähigkeit auch an unseren Fesseln walten lassen?“

Daraufhin erwiderte Aouda: „Meine Herren, schauen Sie genauer hin, denn jede Ihrer Fesseln hat eine Stelle, an der sich kein Knoten ziehen lässt. Finden Sie diese und Sie werden sich ganz allein befreien können.“

Passepartout:

1 2 3 4

Fogg:

1 2 3 4

Cromarty:

1 2 3 4

Eine riskante Überfahrt

Mithilfe von Aoudas geschickter Anleitung hatten sie es geschafft, den jeweiligen Seilabschnitt ohne funktionierenden Knoten zu finden: Sie waren frei und hatten zudem eine neue Gefährtin gewonnen, die sie bis nach Allahabad begleitete, wo sie wieder den Zug nahmen. Kuini, ihr treues Reittier, wurde ihrem Mahut geschenkt. Prinzessin Aouda erklärte, sie wolle ihrer Heimat den Rücken kehren. In Sicherheit würde sie erst außerhalb von Indien sein. Sie hoffte, in Hongkong bei einem Verwandten unterkommen zu können. Da Aoudas Reiseziel auf seinem Weg lag, bot Fogg ihr an, bis dahin eine Reisegruppe zu bilden. Die Prinzessin nahm das Angebot bereitwillig an. Doch nahte nun der Abschied von Cromarty. Dieser fiel, wie wäre es anders zu erwarten, rau, aber überaus herzlich aus. Ihr tollkühnes Abenteuer im indischen Dschungel hatte die Gemeinschaft zusammengeschweißt.

Endlich erreichten sie Kalkutta. Die zuvor auf der Überfahrt nach Bombay gewonnenen zwei Tage hatten sie wieder verloren. Sie waren nun 23 Tage unterwegs. Auch wenn sich Fogg keinerlei Beunruhigung anmerken ließ, so war ihm doch sehr bewusst, dass sie den Zeitpuffer bei dem, was ihnen erwartungsgemäß noch bevorstehen könnte, dringend gebraucht hätten.

In Kalkutta traf die Reisegesellschaft vor den Landungsbrücken überraschend erneut auf ihren alten Ortsführer in Suez – Wilbur Fix. Dieser behauptete immer noch, im Namen der Regierung unterwegs zu sein. Der Konsul habe ihn mit neuen Aufgaben betraut. Von ihm erfuhren sie, dass der nächste Dampfer nach Singapur nicht etwa in einer, sondern erst vier Stunden später, gegen Mittag, ablegen sollte. Es blieb ihnen folglich Zeit, dringende Erledigungen zu tätigen. Vor allem galt es, Aouda, die nach ihrem Entkommen nun nicht mehr mit ihrem Titel angesprochen werden wollte, neu auszustatten. Sie benötigte für die Reise dringend geeignete Kleidung.

Als sie danach zurück an die Anlegestelle kamen, um an Bord des Dampfers nach Singapur zu gehen, konnten sie allerdings nur noch zusehen, wie das Schiff gerade am Horizont verschwand. Sie waren zu spät. Wie war das möglich?

Passepartout erkundigte sich aufgeregt bei dem Angestellten der Schifffahrtsgesellschaft und erfuhr lediglich, dass der Dampfer planmäßig abgelegt hatte. Eine Verspätung habe es nie gegeben.

„Planmäßig“, entfuhr es Passepartout, „was bedeutet das?“

Keiner sagte etwas, doch alle fragten sich, wo Fix war und wieso er ihnen eine falsche Abfahrtszeit mitgeteilt hatte. Was konnte dahinterstecken? Fogg jedoch entschied, nicht nach Ursachen und Gründen zu forschen, sondern nach Lösungen. Allerdings lag im gesamten Hafen von Kalkutta kein einziges Schiff, das es mit der Schnelligkeit eines Dampfers hätte aufnehmen können.

Fogg entschloss sich zu einem ungewöhnlichen Schritt: Er ließ verkünden, dass er dem Kapitän, der sie auf dem schnellsten Weg nach Singapur brächte, eine hohe Prämie zahlen würde. Diese Nachricht verbreitete sich im Hafen von Kalkutta mit erstaunlicher Geschwindigkeit, und so dauerte es nicht lange, bis vor ihnen ein stämmiger Kapitän älteren Jahrgangs stand. Er stellte sich als Han vor und pries seine *Rangoon* als schnellste Dschunke im Chinesischen Meer an. Der Mann wirkte verschlagen und wenig vertrauenerweckend, was sowohl Passepartout als auch Aouda äußerten, aber Fogg entgegnete: „Ich stimme Ihnen beiden zu. Mit ziemlicher Sicherheit handelt es sich bei unserem Han hier um den berüchtigten Piraten Han-Li. Wahrscheinlich wollen er und seine Mannschaft uns auf offener See ausrauben, was sie allerdings auch gleich hier tun könnten. Aber wir haben keine andere Wahl, als das Risiko einzugehen, das Beste zu hoffen und auf das Schlimmste vorbereitet zu sein.“

Fogg wollte Zuversicht verbreiten, blieb aber wachsam. Passepartout war irritiert. Hatte Fogg ihnen gerade verschmitzt zugezwinkert? Wie ungewöhnlich für den Gentleman.

„Mit wem habe ich die Ehre zu sprechen?“, erkundigte sich der chinesische Kapitän nun.

Fogg stellte die Mitreisenden und sich selbst vor.

„Fogg“, wiederholte Han nun deutlich überrascht, „dieser Name sagt mir etwas. Waren Sie schon mal in dieser Gegend?“

„Mir sagt dieser Name auch etwas“, entgegnete der Gentleman sachlich, ohne auf die Frage seines Gegenübers einzugehen. „Ich trage ihn nämlich schon mein ganzes Leben. An Bord, nun! Wir haben es sehr eilig!“

Ein Ruderboot brachte die Reisegruppe weit aus dem Hafen heraus. Dort ankerte die *Rangoon*. Bereits auf den ersten Blick war klar, dass es sich um keine Dschunke, sondern um ein Dampfschiff handelt. Phileas Fogg schöpfte Hoffnung, blieb aber wachsam gegenüber den zwielichtigen Gestalten, zu denen sie an Bord stiegen.

Bei alldem wurden sie unbemerkt beobachtet und verfolgt. Eine Person schmuggelte sich wie ein Geist an Bord der *Rangoon* und blieb auch von der Piraten-Mannschaft unbemerkt, die sich entgegen aller Erwartungen tadellos gegenüber ihren Passagieren verhielt. Passepartout wunderte sich über die Hochachtung, die Han Fogg entgegenbrachte, aber er wagte es nicht, seinen Herrn auf dessen Vergangenheit anzusprechen.

Die ersten Tage kamen sie gut vorwärts. Sie durchfuhren die Malakka-Straße bei ruhiger See. Doch plötzlich versagte die Dampfmaschine und keiner konnte sagen, warum ... Sie trieben auf der See umher, da die *Rangoon* selbst bei vollen Segeln nur wenig Fahrt machte. Der Maschinist suchte Stunde um Stunde nach dem Fehler, fand aber nichts. Schließlich musste er sich eingestehen, dass es sich um Sabotage handeln könnte. Aber wer sollte so etwas tun, wollten doch alle die von Phileas Fogg angekündigte Prämie einheimsen. Schließlich entschloss sich Fogg, selbst nach der Ursache zu suchen. Angekommen im Maschinenraum, entdeckten Fogg und seine Mitreisenden mehrere am Boden liegende Antriebsräder, die von der Dampfmaschine stammen mussten. Konnte eines davon den Mechanismus wieder in Gang setzen?

Extra Nr. 5

from Greenwich

Getrennte Wege

Obwohl es Fogg und seinen Mitstreitern gelungen war, den Maschinenschaden an Bord der *Rangoon* durch Einsetzen des gelben Antriebsrads wieder zu beheben und unter Volldampf Kurs auf Singapur zu setzen, ließ sich die verlorene Zeit nicht wieder aufholen. In Singapur hatten sie den Anschluss nach Hongkong trotzdem verpasst. Glücklicherweise waren sie auf den französischen Ingenieur Pierre Bonneville gestoßen. Seine großartige Erfindung, die „Ville de Paris", schwebte nur ein paar Meter über ihnen in der Luft. Eine Strickleiter hing von der Gondel bis zum Boden.

„Da steige ich nicht ein", protestierte Passepartout.

Auch Aouda wirkte beunruhigt.

„Sie ist absolut zuverlässig", posaunte ihr Erbauer mit geschwollener Brust. Bonneville hatte es hierher verschlagen, um seine eigenwillige Erfindung, eine Mischung aus Ballon und Luftschiff, in Asien bekannt zu machen. Nach seinem Heimatort Paris war das Schiff benannt worden. Der Ingenieur stolzierte vor ihnen auf und ab und pries dabei seine Erfindung ausschweifend. Fix, ihr im Verborgenen agierender Schatten, sah keine Chance, sich an Bord des Luftschiffs zu schmuggeln. Daher entschloss er sich zu einem anderen Handeln ...

„Und das soll nicht riskant sein?", erkundigte sich Passepartout beim Anblick des Ballons.

„Alles ist riskant!", erwiderte der Ballonbauer nahezu empört, dass jemand die Fähigkeiten seiner Erfindung infrage stellte.

Fogg stand im Begriff, ein hübsches Sümmchen für dieses Luftungetüm lockerzumachen, denn Aufgeben kam nicht infrage. Niemals würde er sich geschlagen geben.

Passepartout wollte etwas erwidern, doch Bonneville kam ihm zuvor, scheinbar hatte er seine Frage vorausgesehen: „Nein, mein Herr, es ist nicht möglich, ein Rettungsboot unter die Gondel zu schnallen. Dadurch würde sie insgesamt zu schwer."

„Was ist, wenn der Wind uns abtreibt?", erkundigte sich Fogg.

„Dafür bin ja dann ich als Ihr Kapitän mit an Bord. Durch das Auf- und Absteigen des Ballons werde ich eine geeignete Luftströmung finden, die uns in die richtige Richtung trägt", erklärte der Ingenieur selbstsicher.

Doch war es kein Geheimnis, dass sich die Luft selbst am Ende nicht lenken ließ. Kilometer um Kilometer mussten sie quer über das Chinesische Meer fliegen, um von Singapur nach Hongkong zu gelangen. Das war der direkte Weg.

„Es hilft nichts", erklärte Fogg schließlich und bat Passepartout um die Reisetasche, um Geld herauszuholen und den Ballonbauer damit zu bezahlen. Passepartout übergab sie nur widerwillig.

„Wir gehen an Bord", verkündete Fogg.

„Das ist wahrer Pioniergeist!", sagte Bonneville triumphierend. „Ich benötige noch etwas Zeit, um das Schiff vorzubereiten. Dabei möchte ich Ihnen auch die Funktionen des Ballons genauestens erklären. In zwei Stunden können wir starten."

Fogg nickte und schickte Passepartout los, sich um die Verpflegung zu kümmern.

Derweil erhielten Fogg und Aouda eine kurze Einweisung in die Aeronautik. Nach einiger Zeit kam der Proviant, überbracht von chinesischen

Lastenträgen, an. Passepartout war nicht bei ihnen. Auch eine halbe Stunde später erschien der Diener nicht. Jedoch stand der Wind günstig und die Zeit wurde knapp. Bonneville drängte zum Abflug. Aber Fogg konnte doch nicht ohne seinen treuen Diener aufsteigen.

„Wir müssen sofort starten", mahnte Bonneville mit fester Stimme, „die Luftströmung ist günstig. Jetzt oder nie!"

Fogg wusste, dass ihm diese Entscheidung niemand abnehmen würde. Auch Aouda wurde es ganz schwer ums Herz, konnte sie sich doch eine Reise ohne den treuen Passepartout nicht vorstellen. Aber er war weiterhin nicht zu sehen! Wo war er nur?

Fogg gab Bonneville das Zeichen zum Start. Noch nie war ihm etwas so schwergefallen. Bonneville löste die Leinen und holte den Anker ein.

„Ob er wohl zurechtkommt?", fragte Aouda traurig.

„Ich hoffe es", erwiderte Fogg nachdenklich, „ich hoffe es. Sobald ich wieder in London bin, werde ich mich auf die Suche nach ihm begeben. Das verspreche ich."

Aouda zweifelte nicht an Foggs Worten. Damit erhob sich die „Ville de Paris" vom Boden, stieg höher und höher und entfernte sich immer weiter von der Küste. Mit Schrecken blickten Fogg und Aouda zurück, denn sie hatten einen Reisegefährten verloren und trieben nun in den Lüften Richtung Ozean ins Ungewisse. Bonneville benötigte einige Versuche, um die richtige Luftströmung ausfindig zu machen. Da die Luftfahrt für Aouda und Fogg ein großes Rätsel darstellte, nutzte Bonneville diese Gelegenheit, um auf seine ganz eigene Art mit Wissen zu prahlen. Um den Mitreisenden Näheres über ihre Route zu verraten, holte er einen Zettel heraus und begann seltsame Verse zu zitieren. Nur was konnten diese rätselhaften Worte und die gekritzelten Striche auf dem Zettel bedeuten?

Extra Nr. 6

Um mehr über die Route zu erfahren
und das Gesicht zu wahren,
rühre der Mensch sich vom Flecke,
auf dass er die Lösung entdecke!

1. Folgt dem ewigen Eis erst ins Warme und dann
dorthin, wo man vor Kälte friert,
2. ein rechter Winkel wird Euch helfen,
dass Ihr Euch dabei nicht verliert.
3. Um Viertel nach 5 seid Ihr schon fast da,
4. ein kleiner Sprung in die Tiefe bringt Euch dem
Ziel ganz nah.
5. Der Westen jedoch führt Euch nur ins Verderben,
richtet den Blick auf die anderen,
sie werden zu Euren Verbündeten werden.
6. Solltet Ihr dennoch fallen, so seid gewiss,
dass der Weg hinauf der richtige ist.

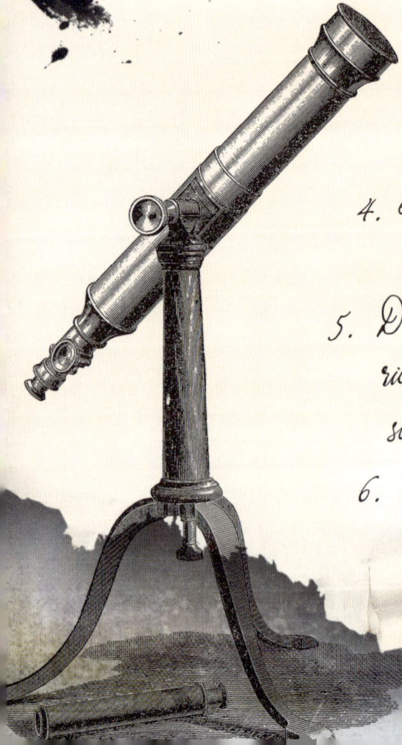

Stürmische Zeiten

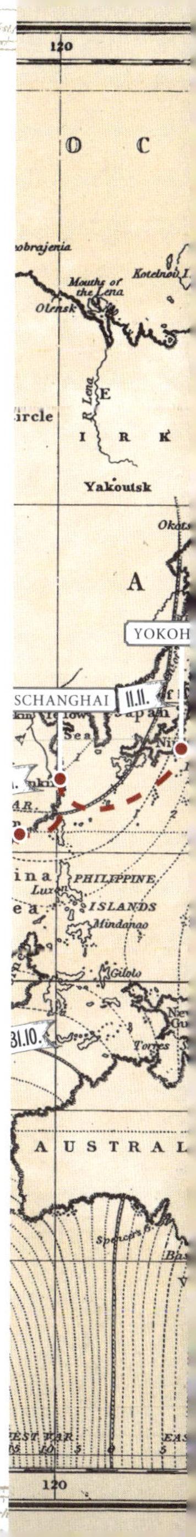

Bonneville hatte die Reisenden mit diesem kniffligen Rätsel nicht nur für einen Moment von ihren Sorgen abgelenkt, sondern ihnen zugleich die Flugrichtung des Ballons verraten - es ging in Richtung Norden. Ob es Glück oder dem Können Bonnevilles zuzuschreiben war, die „Ville de Paris" kam unbeschadet in Hongkong an. Dort erregte die Ankunft des noch nie gesehenen Luftschiffs enormen Wirbel unter der Bevölkerung. Unter den zahllosen Schaulustigen, die zur Landung angelaufen kamen, befand sich auch ein grimmig dreinblickender Seebär mittleren Alters. Er bahnte sich einen Weg durch die Menge und trat direkt auf Fogg zu.

Phileas Fogg erkannte sein Gegenüber sofort.

„Bundsy. John Bundsy, habe ich recht?", erkundigte sich Fogg.

Der grimmige Blick in Bundsys Gesicht verschwand und an seine Stelle trat freudige Überraschung.

„Du erkennst mich wieder, Phileas?"

„Sicher, mein alter Freund, sicher. Wie ist es dir ergangen?"

„Aus dem kleinen Schiffsjungen, den du stets beschützt hast, ist ein Kapitän geworden. Und wie geht es dir?"

„Das freut mich zu hören!", erwiderte Fogg aufrichtig. „Aus dem Offizier ist ein Weltreisender geworden. Ich suche ein Schiff. Eine Passage nach Schanghai."

„Die *Tankadere*, mein Schiff, steht dir zur Verfügung!"

Die beiden Männer schüttelten sich freundschaftlich die Hände.

„Wann können wir ablegen?“

„Wir müssen lediglich die üblichen Vorbereitungen treffen – in 2–3 Stunden können wir auf hoher See sein“, entgegnete Bundsy.

„Abgemacht!“, sagte Fogg. „Und wir müssen vorher noch die Verwandten von Miss Aouda aufsuchen. Sie möchte in Hongkong bleiben.“

Doch Aouda suchte ihren Onkel vergeblich in der Stadt. Schließlich erfuhr sie, dass der Kaufmann bereits vor einigen Jahren nach Amsterdam ausgewandert war. Aouda trug die Nachricht mit Fassung.

„Das tut mir außerordentlich leid“, sagte Fogg. „Haben Sie nun andere Pläne?“

Aouda hatte tatsächlich Feuer gefangen für Foggs Unternehmung. Und beide schienen Sympathien füreinander zu hegen.

„Dürfte ich einen Vorschlag äußern?“, erkundigte sich Aouda.

„Selbstverständlich, ich bitte geradezu darum“, erwiderte Fogg mit Contenance, wie es sich für einen englischen Gentleman geziemte.

„Ich würde Sie gerne bis London begleiten, um mir dort ein neues Leben aufzubauen“, sagte Aouda.

Und Fogg erwiderte wie aus der Pistole geschossen: „Mit dem größten Vergnügen! Einen solchen Vorschlag hätte ich mich nicht getraut zu äußern.“

Aouda lachte, vor allem über Foggs etwas steife Art. Und so war schnell ein neuer Reiseplan geschmiedet.

Keine drei Stunden später befanden sie sich an Bord des Schoners *Tankadere* mit Kurs auf den chinesischen Hafen Schanghai. Die See war rau, doch Wetter und Wind boten gute Bedingungen für das Segelschiff, um in Fahrt zu kommen und Schanghai in vier Tagen zu erreichen. Fogg und Bundsy schienen die gemeinsame Segelreise zu genießen und vertrieben sich ihre Zeit an Bord mit unzähligen Whistpartien. Ihre Reisebegleitung, die gerade erst die Regeln gelernt hatte, schien ein wahres Naturtalent zu sein. Fogg und Bundsy, die sich für die besseren Spieler hielten, kamen ganz schön ins Schwitzen: Aouda holte einen Trumpf nach dem anderen.

Allerdings veränderte sich die Wetterlage bereits am zweiten Tag gewaltig. Die *Tankadere* geriet in einen schweren Sturm. Schlingern, rollen, auf und ab ohne Ende. Die Wellen brachen an der Reling und überspülten das Deck des kleinen Schoners, der gewaltig zu kämpfen hatte. Schon bald erkannten Kapitän Bundsy und Fogg, dass ihre Lage ernst war. Schließlich meinte Bundsy zu seinem alten Freund: „Phileas, gut möglich, dass das unsere letzte gemeinsame Reise wird."

Fogg starrte in die undurchdringlichen Wolkenungetüme, die sich um sie herum auftürmten, und blickte dann auf die schauerlichen Wellengebirge, die auf den Schoner zurollten. Er konnte sich nicht erinnern, schon einmal einen solch schlimmen Sturm erlebt zu haben.

„Wie wäre es, wenn wir versuchen, dem Sturm auszuweichen und unseren Kurs auf Richtung japanische Küste zu setzen?", fragte er Bundsy.

„Das könnte klappen. Auf jeden Fall ist es einen Versuch wert", antwortete der Kapitän.

Aber der Sturm wollte kein Ende nehmen. Allmählich lief das Schiff voll Wasser: Die *Tankadere* drohte zu sinken. Alle Mann wurden an die Pumpen gerufen. Endlich ließ zumindest der Sturm ein wenig nach und hörte schließlich auf. Doch nun drohte die *Tankadere* endgültig unterzugehen.

Inzwischen war die Küste in Sicht. Unweit des Ufers lief der Schoner bei immer noch kabbeligen Wellengang auf Grund. Das Schiff war verloren, doch konnten die Mannschaft und Passagiere ohne Verluste gerettet werden. Am Ufer hatten sich Fischer und Bauern versammelt. Es wehte eine weiße Flagge mit rotem Punkt über dem Dorf, und so stand fest, in welchem Land sie gelandet waren – Japan! Die westlichen Schiffbrüchigen wurden mit Skepsis empfangen. Aber Bundsy sprach genügend Japanisch, um sich notdürftig ausdrücken zu können.

Sie bestiegen ein kleines Fischerboot, das sie bis Yokohama brachte. Kaum waren sie in Sichtweite der Hafenanlagen, kam neues Leben in die vom Sturm gezeichnete und erschöpfte Reisegesellschaft. Aouda sah ihn als Erstes. Am Kai stand eine wohlbekannte Person und hielt ebenfalls Ausschau.

„Ist das möglich?", fragte sie und Fogg wurde nun ebenfalls aufmerksam. „Ist er das?"

Sie winkte und endlich sah die Person sie auch und winkte freudig zurück. Bei all dem, was ihnen widerfahren war: Sie hatten Passepartout wiedergefunden! Was für ein Glück!

Zur Feier des Tages und um den Abschied von Bundsy würdig zu begehen, schlug Aouda vor, eine Abschiedspartie Whist zu spielen. Das fanden alle eine fantastische Idee. Bundsy fügte augenzwinkernd hinzu, dem Gewinner winke ein Hinweis darauf, welches Schiff sie als nächstes nehmen mussten. Er legte vier Karten verdeckt vor ihnen auf den Tisch. Fanden sie den Wert der einzelnen Karten heraus, mussten sie daraus nur noch den Namen des schnellsten Schiffes ableiten. Zur Hilfe gab ihnen Bundsy ein paar Hinweise:

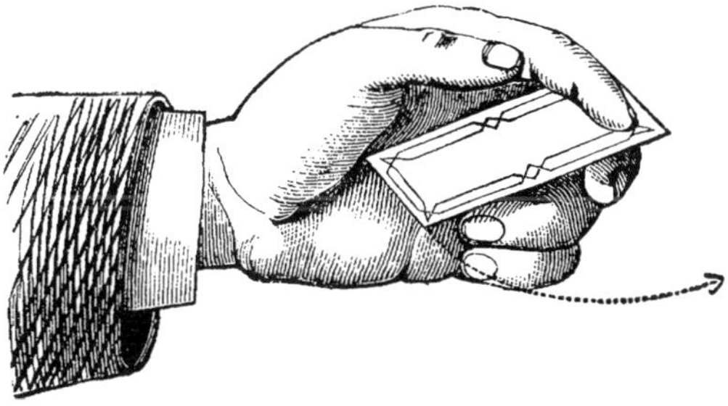

- Zählt man die Werte aller Blätter zusammen, kommt 30 heraus.
- Es gibt keinen höheren Wert als den des Herz-Blattes.
- Der Wert des Karo-Blattes ist halb so hoch wie der Wert des Kreuz-Blattes.
- Der Wert des Kreuz-Blattes ist um 1 niedriger als der des Herz-Blattes.
- Addiert man die Werte des Pik- und Karo-Blattes, kommt eine ungerade Zahl heraus.
- Kein Zahlenwert doppelt sich.
- Bei keiner der vier Karten handelt es sich um eine Hofkarte.
- Ass entspricht dem Buchstaben A.

Die verschwundene Reisetasche

Wirklich gut gemacht, Passepartout", lobte Fogg seinen Diener, als sie den Verlorengeglaubten am Kai von Yokohama wieder glücklich in ihren Kreis schlossen. Die *Jade*, ihr Dampfer nach Amerika, wartete bereits auf sie.

Passepartout berichtete, was ihm widerfahren war. Er hatte Wilbur Fix zufällig wiedergetroffen und ihn dabei überrascht, wie er Fogg und Aouda „beobachtete" – mit anderen Worten: ausspionierte. Warum Fix so handelte, hatte Passepartout nicht in Erfahrung bringen können, denn der drahtige Mann hatte ihn im Nu überwältigt und gefesselt zurückgelassen. Erst Stunden später war er von Passanten entdeckt und befreit worden. Deshalb hatte er den Abflug verpasst und war mit der *Carnatic* bis nach Hongkong und dann weiter nach Yokohama gereist. Somit stand fest, dass Fix vermutlich kein Angestellter des Konsuls von Suez war, wie er sich vorgestellt hatte, sondern ein undurchsichtiges, doppeltes Spiel trieb.

Wieder einmal war dieser Fix in eine mysteriöse und äußerst unerfreuliche Angelegenheit verwickelt. Warum er so handelte und in wessen Auftrag, konnte sich niemand erklären. Fogg verspürte aber ein ungutes Gefühl, dass sie Fix nicht zum letzten Mal über den Weg gelaufen waren. Er konnte nicht ahnen, dass dies schon bald passieren würde.

Der Abschied von Bundsy war herzlich.

„Komm nach London", meinte Fogg zum Kapitän, „wenn das hier beendet ist – und das wird es hoffentlich bald sein –, werden wir eine Entschädigung für deine *Tankadere* finden."

John Bundsy dankte bewegt und wünschte Fogg und Aouda viel Erfolg.

Im Hafen von Yokohama lag der amerikanische Dampfer *Jade* der Pacific Mail Steam Company. Zusätzlich zu den gewaltigen Schaufelrädern war der Raddampfer als Dreimast-Schoner aufgeriggt. Für die Überfahrt waren einundzwanzig Tage eingeplant. Am 2. Dezember sollten sie San Francisco und nach der Weiterfahrt mit dem Zug am 11. Dezember New York erreichen.

Fogg, Aouda und Passepartout erhielten jeweils gut ausgestattete Kabinen. Die luxuriöse Ausstattung, das vortreffliche Personal und die Mannschaft versprachen, dass die Überfahrt zu einer erholsamen Reise werden würde. Und das war nach den Strapazen, die hinter ihnen lagen, auch dringend nötig. Im Salon trafen sich die illustren wie betuchten übrigen Passagiere bei den Mahlzeiten und den Abendgesellschaften. Passepartout aß und trank viel. Fogg sorgte sich ausgiebig um das Wohl Aoudas. Penibel achtete er darauf, dass sie alles bekam, was eine Dame sich nur wünschen konnte. Allerdings gab Aouda bei allem Dank gegenüber Phileas Fogg durchaus zu erkennen, dass sie sich selbst um ihr eigenes Wohl kümmern konnte. Sie führten lange und ausgiebige Gespräche, bei denen sie sich sichtlich näherkamen. Es war nicht zu übersehen, dass beide für den anderen aufrichtige Sympathien hegten, die mehr einer tiefen Freundschaft als einer flüchtigen Reisebekanntschaft entsprachen. Das fiel auch Passepartout auf, der seinen ansonsten stets gefassten und ernsten Herrn so gar nicht kannte. Aber er freute sich wahnsinnig für die beiden und spekulierte bereits angestrengt, wohin dieses „Turteln", wie er es insgeheim nannte, führen könnte.

Neben dieser vertrauten Stimmung zwischen den Reisenden sorgte noch ein anderes Ereignis dafür, dass Passepartout weiterhin ein Lächeln auf den Lippen trug. Nachdem er sich seit Reisebeginn geweigert hatte, seine Uhr an die Zeitangaben der durchreisten Länder anzupassen, zeigte diese nun endlich wieder genau dieselbe Zeit wie alle Uhren an Bord. Hatte er doch gewusst, dass dieses Gerede von Meridianen und Zeitverschiebung Unsinn ist, denn wie jeder sehen konnte, richtete sich die Sonne nun auch wieder nach seiner geliebten Taschenuhr.

Doch dieses ausgelassene wie erholsame Treiben wurde plötzlich durch einen Vorfall unterbrochen, der drohte das Gelingen von Foggs Weltreise gänzlich infrage zu stellen. Ihre Reisetasche, das einzige Gepäckstück, das sie mit sich führten und neben den wichtigen Dingen des Alltags vor allem Foggs Barschaft enthielt, war spurlos aus ihrer Kabine verschwunden. Passepartout war außer sich. Er hatte auf diese Tasche stets wie auf seinen Augapfel geachtet, und doch war sie – es war ganz offensichtlich – gestohlen worden! Fast gleichzeitig mit dem Diebstahl erschien im Salon des Dampfers eine Person, deren Anwesenheit Fogg sofort alarmierte: Wilbur Fix.

Für den Gentleman stand fest, dass der mysteriöse Fix versuchte, ihr Unternehmen zu sabotieren. Einzig die Gründe blieben Fogg schleierhaft. Als alter Seemann zog Fogg leicht den Respekt der Mannschaft auf sich. Zumal er wie üblich eine hohe Prämie versprochen hatte, sollte die *Jade* vorzeitig in San Francisco einlaufen. Die Mannschaft stellte Fix' Kabine auf den Kopf. Ergebnislos. Fogg musste seine einstweilige Niederlage eingestehen und Fix laufen lassen. Der richtige Dieb musste tatsächlich jemand anders sein. Nur: Wer war in der Lage, diese Tat zu vollbringen? Die Ladys und Gentlemen an Bord schienen über jeden Verdacht erhaben, aber sowohl der Dieb als auch Foggs Tasche mussten sich noch an Bord befinden!

Um seine Weltreise fortsetzen und die Wette gewinnen zu können, musste er also alles versuchen, um den wahren Täter zu überführen und seine Tasche wiederzubekommen. Mit dem Spürsinn eines wahren Meisterdetektivs gelang es Fogg, einige Verdächtige an Deck zu versammeln. Nur wer von ihnen hatte Fogg bestohlen?

Ich bin der Lady und dem Butler auf dem Gang begegnet.
Ich habe mit dem Kapitän und dem Gentleman gesprochen.
Ich gab dem Schiffsjungen sein Mittagessen.
Gentleman
Lady
Köchin

Der Butler und der Kapitän haben mich im Maschinenraum gesehen.
Auf der Brücke habe ich mit dem Schiffsjungen meine Runde gedreht und dabei die Lady getroffen.
Ich besuchte den Maschinisten im Maschinenraum, und dann kam mir auf dem Flur der Gentleman entgegen, als ich auf dem Weg zu Mr. Foggs Kabine war.
Die Köchin hat mir Suppe serviert und dann habe ich den Kapitän begleitet.
Kapitän
Maschinist
Schiffsjunge
Butler

Die Durchquerung Amerikas

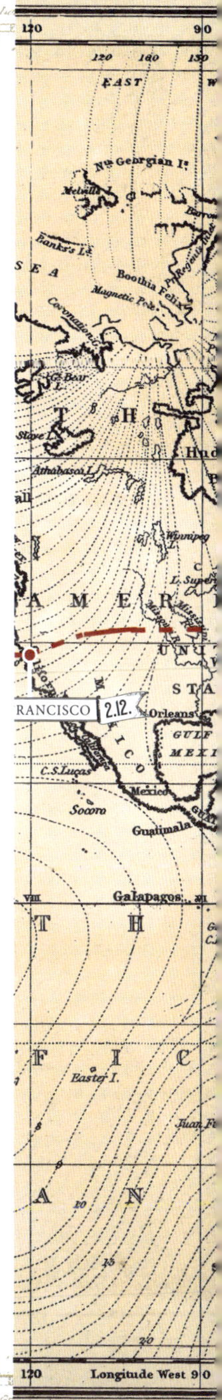

In San Francisco waren sie pünktlich eingetroffen, hatten den des Diebstahls überführten Maschinisten den örtlichen Behörden überantwortet und waren in den Expresszug der Pacific Railroad gestiegen. Die amerikanischen Züge boten erstaunlichen Komfort, und so begannen Fogg, Passepartout und Aouda, sich ihre Zeit mit Whist zu vertreiben.

Die Fahrt quer durch Amerika – 3.100 Meilen von der Ost- zur Westküste – war so vielfältig wie aufregend. Und Fogg ahnte, dass sich irgendwo im Zug auch ihr geheimnisvoller Verfolger, dieser Fix, aufhalten würde, bereit, ihr Unterfangen erneut zu torpedieren.

Die Überquerung der Rocky Mountains war so spektakulär gewesen, wie man es sich nur vorstellen konnte. Auf der Ebene der Plains wurde der Zug über mehrere Stunden von einer gigantischen Herde Bisons aufgehalten, die die Amerikaner Buffalos, Büffel, nannten. Fogg und seine Begleiter beobachteten diese prächtigen Tiere mit großem Wohlgefallen. Über die Gleise schob sich ein schier endloses Meer aus braunen Fellen und Buckeln, friedlich gaben die Tiere kuhähnliche Laute von sich, grasten hier, tollten dort – die Jungtiere zwischen brummigen Bullen. Allgemein bekannt war, dass diese Giganten der Prärie von skrupellosen Felljägern verfolgt wurden. Aouda blickte der friedlich davonziehenden Herde hinterher und meinte daher traurig: „Mögen die Kugeln der Jäger euch stets verfehlen."

Fogg und sein Diener stimmten der jungen Frau gerne zu.

Um ihren Verfolger abzuschütteln und so möglichen Sabotageakten vorzubeugen, entschloss sich die Reisegesellschaft, in Ford Kearney spontan das Fortbewegungsmittel zu wechseln.

Ihr neues Gefährt, ein Eissegler, eine Art Boot auf Kufen, ähnlich einem großen Schlitten mit Segel, war für die Winterzeit ein typisches Transportmittel in dieser Gegend. Der Wind trug es über die weite, schneebedeckte Ebene mit erstaunlich hoher Geschwindigkeit. Dabei biss der eisige Fahrtwind in ihren Gesichtern, als hätten die Wölfe, die sie eben noch verfolgt hatten, sie erreicht und ihre scharfen Krallen in ihre Haut gegraben. Viel Zeit hatten sie verloren. Vielleicht zu viel. Ob sich die Zeit wieder aufholen lassen würde, das würde sich noch herausstellen.

Eingewickelt in Decken und Pelze zum Schutz vor der Kälte, erreichten sie Omaha ein paar Stunden später. Dort nahmen sie den nächsten Zug, der sie über Chicago nach New York bringen sollte. Fix blieb derweil verschwunden. Hatten sie ihren Verfolger abgeschüttelt?

Sie waren noch nicht lange unterwegs, als der Zug abrupt stoppte. Ein großer Tumult entstand. Die Passagiere verließen die Abteile und versammelten sich auf den Gleisen. Dort war bereits ein hitziges Gespräch zwischen dem Lokführer und dem Schaffner im Gange. Der Lokführer weigerte sich, über eine marode Holzbrücke zu fahren. War die Brücke einsturzgefährdet oder würden sie sie gefahrlos überqueren können? Unter den Reisenden entstand eine zum Teil heftig geführte Diskussion. Fogg hatte keine Zeit mehr zu verlieren. Er machte den für ihn eher ungewöhnlichen Vorschlag, die Brücke unter Volldampf so schnell wie möglich zu überfahren. Das Risiko schien sehr hoch zu sein. Nach einigem Hin und Her unterbreitete Aouda schließlich eine andere Taktik. Schritt für Schritt sollte der Zug die Brücke überqueren und die maroden Schienen ausgebessert werden, bevor sie sie mit dem schweren Gefährt überfuhren. Doch würden sie alle Stellen ausfindig machen und einen sicheren Weg finden? Oder würden sie am Ende allesamt in den Tod stürzen?

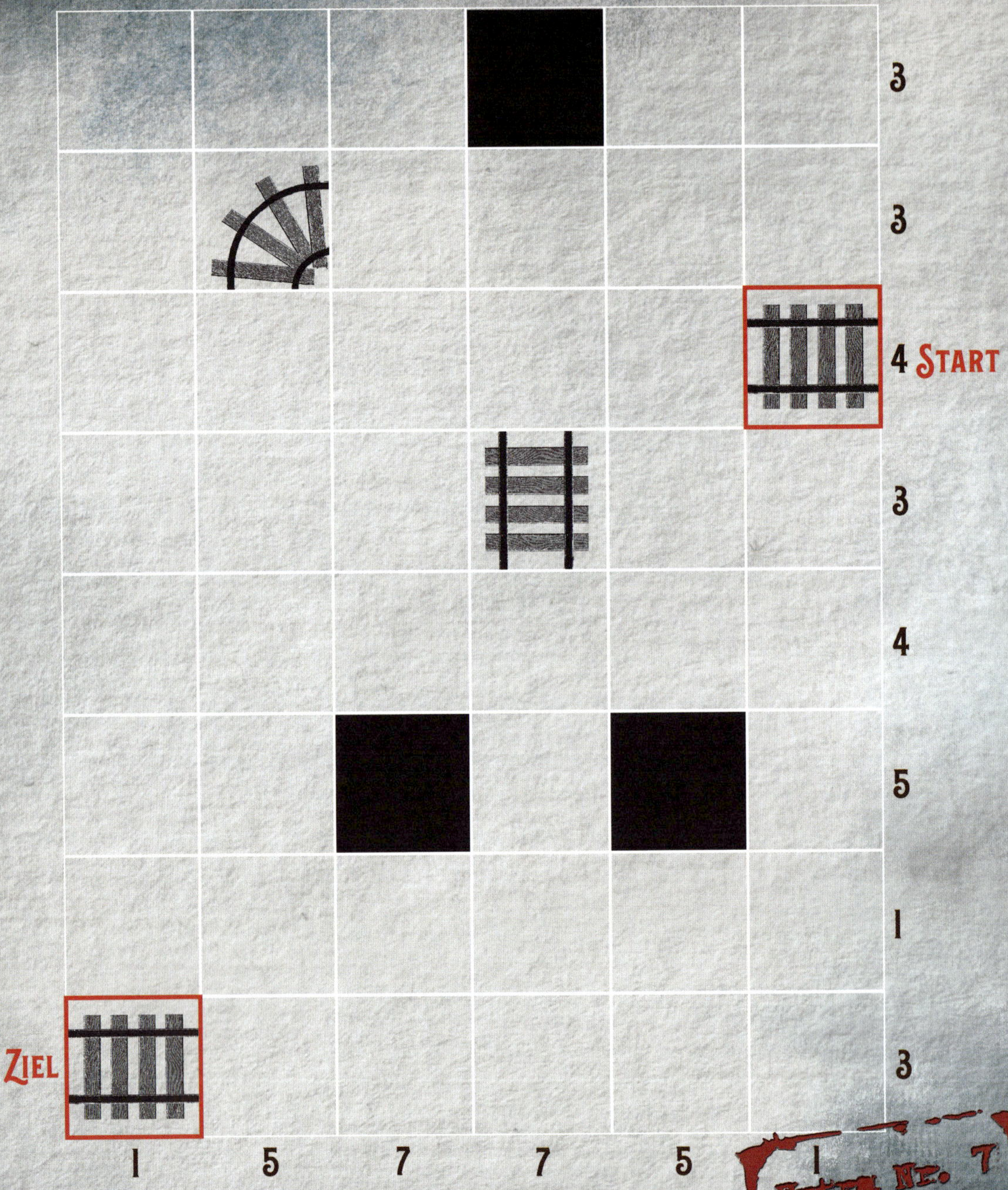

Extra Nr. 7

HERCULES

NEW YORK

WEST
Jones S.
Lancaster S.
Cockburn
Melville Peninsula
Bay
Washington
Jamaica
Bay of Panama
St. Fe
G. of Guayaquil
C. Blanco
Lima
PERU
S. Felix
Valparaiso
Fernandez I.
Valdivia
Chiloe
Str. of Magellan
PATAGONIA
0 from Greenwich

So vieles hatten sie unbeschadet überstanden. Die wilde Fahrt mit seinem Eissegler, die Bisonherde, und am Ende war es ihnen sogar gelungen, mit dem Zug über die marode Brücke des Medicine Creek zu gelangen, die dann aber doch hinter ihnen eingestürzt war.

Mit dem Schnellzug über Chicago bis New York waren die letzten 900 Meilen auf amerikanischem Boden ohne weitere Zwischenfälle verlaufen. Dennoch reichte es am Ende nicht: Am 11. Dezember kamen sie um 11:15 in New York an. Der Kursdampfer *China* der Cunard Line mit Zielhafen Liverpool war vor fünfundvierzig Minuten ausgelaufen.

Das Glück schien Fogg und seine Mitstreiter verlassen zu haben. Weit und breit fand sich im Hafen kein Ersatz für die *China*, mit dem es möglich gewesen wäre, Liverpool rechtzeitig zu erreichen.

Fogg erfuhr, dass das einzige Schiff, das für die Überfahrt infrage kam, der Schraubendampfer *Henrietta* war. Allerdings konnte er das Schiff im Hafen unter all den anderen Schiffen nicht ausfindig machen. Ein Hafenarbeiter erklärte ihm, wo der Kapitän des Schiffs zu finden wäre. Fogg schöpfte Hoffnung. Bei dem Namen des Mannes durchfuhr ihn jedoch eine dunkle Vorahnung. Er genoss keinen guten Ruf. Kaum stand Fogg dem Kapitän gegenüber, fand er seine schlimmste Befürchtung bestätigt.

Er musste schlucken, so überrascht war unser Gentleman, Andrew Speedy wiederzusehen. Es gab so viele Schiffe weltweit, und doch musste Fogg ausgerechnet auf den Kapitän treffen, unter dessen barbarischen Methoden er schon während seiner Zeit auf See gelitten hatte. Speedy seinerseits erkannte Fogg nicht wieder. Fogg ließ sich nichts anmerken.

Speedy hatte sich in keinster Weise verändert. Übellaunig und halsstarrig ließ er sich auf keinen Handel mit Fogg ein und auf keinen Fall wollte er sein Fahrtziel Bourdeaux ändern oder Passagiere befördern. Am Ende bestach Fogg Speedy, dessen Gier ausnutzend, indem er ihm 2.000 Dollar pro Passagier anbot. Dem konnte sogar der alte Raffzahn und Menschenschinder nicht widerstehen.

Doch Speedy stellte eine Bedingung: Fogg sollte die *Henrietta* mithilfe seiner Beschreibung finden! Wie sollte ihm das gelingen? Woran konnte er das Schiff ausmachen? Wie unterschied sich das Schiff von anderen Schiffen? Fogg notierte die wichtigsten Merkmale:

6
5
3
1

4
2

Meuterei auf der Henrietta

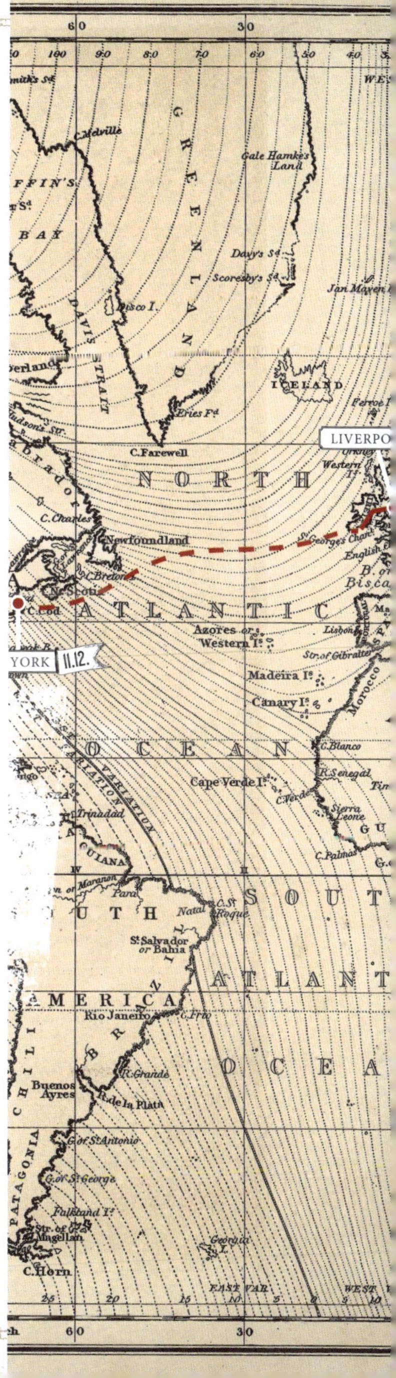

Vor ihnen lag das Schiff, auf das die Beschreibung passte. Die Nummer 3 musste die *Henrietta* sein. Endlich gelangten sie an Bord. Und die *Henrietta* war bereit auszulaufen. Anfangs hielt sich Fogg bedeckt. Sie verließen den Kai, passierten das Leuchtschiff, das die Einfahrt zur Hudsonbucht markierte, fuhren an Long Island vorbei, bis sie schließlich die offenen Gewässer des Atlantiks erreichten. Von der Mannschaft erfuhr Fogg bald, dass ihr Kapitän Speedy, gelinde gesagt, nicht beliebt war. Speedy beabsichtigte, auf jeden Fall auf Kurs Richtung französische Küste zu bleiben. Wer konnte, verließ die Knute des jähzornigen Mannes. Das kam Fogg nur allzu bekannt vor. Schließlich beschloss er, den Spieß umzudrehen.

Fogg betrat, begleitet von vier Matrosen und dem Maschinisten, die Brücke und erkundigte sich: „Speedy, wohin fahren wir?"

„Bordeaux, wohin sonst!? Bleiben Sie in Ihrer Kabine. Sie stören hier nur!", schimpfte der Kapitän.

„Interessant, dass Sie das so sagen", erwiderte Fogg gelassen, „weil tatsächlich Sie derjenige sind, der hier stört."

Speedy blickte Fogg überrascht an. Aber bevor der Kapitän etwas tun oder sagen konnte, hatten die vier Matrosen ihn gepackt. Es schien ihnen sichtlich Freude zu bereiten. Speedy tobte. So etwas hatte er noch nicht erlebt.

„Das ist Meuterei!", protestierte er.

Fogg blickte Speedy entschlossen an.

„Erinnern Sie sich an John Bundsy? Er hat Ihre Schläge und Tritte überlebt und ist heute selber Kapitän."

„Wer?", erwidert Speedy verwirrt. Er wusste nicht mehr, was er früher getan hatte. Fogg wunderte das nicht, denn ihm war bekannt, dass schlechte Menschen wie Speedy gerne vergaßen, wem sie Leid angetan hatten.

„Sperrt ihn in seiner Kajüte ein", sagte Fogg hart, „und achtet darauf, dass er sich nicht befreien kann!"

Die Matrosen führten ihren alten Kapitän ab. So manch einer konnte sich ein übles Wort, gefolgt von einem Schlag oder Schubser, nicht verkneifen.

„Das Schiff gehört Ihnen, Sir!“, verkündete der Maschinist. „Was befehlen Sie, Kapitän Fogg?“

Für einen kleinen Moment genoss Fogg die Anrede, ebenso wie seinen alten Widersacher Speedy überwältigt zu haben. Die Genugtuung war es wert. Wie viele anständige Seemänner hatten unter tyrannischen Kapitänen leiden müssen, wie einst auch Fogg und Bundsy.

Fogg übernahm das Kommando an Bord. Nach so langer Zeit wieder ein Steuerrad in der Hand zu halten fühlte sich ausgesprochen gut an. Passepartout staunte nicht schlecht. Die Geschicklichkeit, mit der sein Herr das Schiff lenkte, bezeugte ihm deutlich, dass Fogg früher zur See gefahren sein musste.

„Neuer Kurs auf Liverpool“, verkündete Fogg.

„Kapitän, wir haben noch ein Problem“, wandte der Maschinist ein. „Wir haben nicht genug Kohle, um nach Liverpool zu kommen.“

„Heizt die Kessel ein“, erwiderte Fogg, „ich überlege mir etwas.“

Und schon zwei Tage nach der „Eroberung“ der *Henrietta* begann die Mannschaft, die hölzerne Einrichtung des Dampfers zu zerlegen und in den Dampfkesseln zu verfeuern. Alles, was brennen konnte, wurde in die Öfen geworfen, um die Schrauben der *Henrietta* am Laufen zu halten. Sogar die Masten und Rahnen wurden verfeuert. Nur das Steuer blieb noch übrig, mit dem Phileas Fogg das Schiff auf Kurs hielt.

Sie umrundeten Irland und liefen schließlich am 21. Dezember in Liverpool ein. Fogg hatte es geschafft. Er hatte noch fünf Stunden Zeit, um nach London zu kommen.

Doch kaum hatte er das Schiff verlassen, wurde er von einem alten Bekannten in Begleitung einiger Polizeibeamter empfangen.

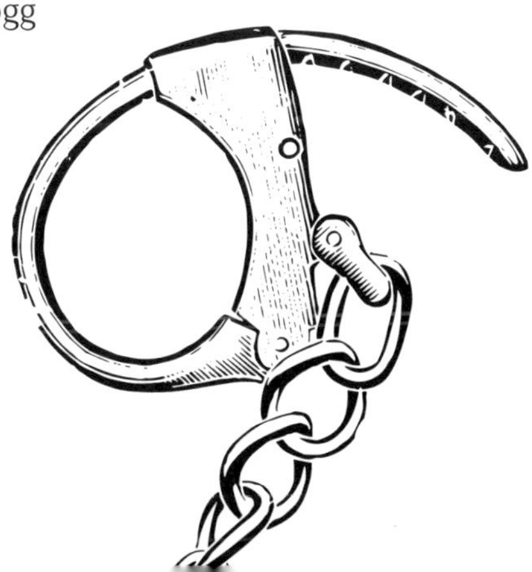

„Phileas Fogg“, verkündete Fix zur Begrüßung mit Genugtuung in der Stimme, „Sie sind verhaftet!“

Da war er wieder, der mysteriöse Fix. Fogg war irrtümlich davon ausgegangen, den Strippenzieher, der ihnen schon manches Mal einen Stein in den Weg gelegt hatte, in Amerika hinter sich gelassen zu haben. Doch wie war er vor ihnen nach England gekommen? Schlussendlich musste Fix, gerissen, wie er wohl war, den Vorsprung genutzt haben und mit der *China* gefahren sein.

Ironischerweise hatte Fix damit den Beweis angetreten, dass die Wette zu gewinnen gewesen wäre. Nun, das zählte jetzt nicht mehr.

„Wessen werde ich beschuldigt?“, verlangte Fogg zu erfahren.

„Sie werden beschuldigt, die *Bank of England* beraubt zu haben.“

„Bis gerade habe ich Sie für ziemlich gerissen gehalten“, erklärte Fogg zum Erstaunen seines Gegenübers, „doch das scheint mir das Dümmste zu sein, was ich je gehört habe. Schlimmer, ich befürchte, Sie werden selbst ausgetrickst.“

Fix stutzte.

„Wer hat Sie beauftragt?“, hakte Fogg nach, doch Fix schwieg.

Nur jemand, der einen erheblichen Vorteil daraus schlug, wenn Fogg verlor, kam dessen Meinung nach dafür infrage.

Fogg wurde abgeführt. Der Protest von Passepartout und Aouda half nichts.

Im Gefängnis schien es endgültig besiegelt: Der ehrenhafte Phileas Fogg war gescheitert und ruiniert. Der Gentleman saß wie ein gewöhnlicher

Gauner hinter Gittern. Doch Passepartout und Aouda hielten ihm die Treue, denn nichts war so unvorstellbar wie der Gedanke, dass Fogg ein Dieb sein konnte.

Nur wer konnte dahinterstecken? Und selbst, wenn sie es wüssten, es würde nichts helfen: Fogg hatte die Wette verloren. Er bat Passepartout um Papier und Stift, um den Herren des Reform Clubs schriftlich seine Niederlage einzugestehen. Der einzige Zettel, den er seinem Herrn anbieten konnte, war der Brief, der Fix vor vielen Tage in Suez aus der Tasche gefallen war. Fogg betrachtete diesen nachdenklich. Während er noch in seinen Gedanken versunken war, erschien Fix erneut vor Foggs Zelle. Fix war deutlich kleinlauter als zuvor, stierte verlegen zu Boden und hielt sich nervös an der Krempe seines Hutes fest. Dann bedeutete er einem Polizeibeamten, Foggs Zelle zu öffnen.

„Scotland Yard hat mir bestätigt, dass es längst einen anderen Verdächtigen gibt“, erklärte der Detektiv reuevoll, „Sie sind frei.“

Fogg verließ erhobenen Hauptes die Zelle, baute sich vor Fix auf und verpasste ihm eine schallende Ohrfeige. Der Detektiv wollte sich entschuldigen, aber Fogg ließ ihn einfach stehen.

„Kommt, meine Freunde“, meinte er zu Passepartout und Aouda, „noch ist nicht alles verloren. Auf zum Bahnhof.“

Doch dann drehte sich Fogg noch einmal zu Fix um und fragte ihn: „Wer hat Sie beauftragt, Fix?“

Aber der Detektiv zog es erneut vor, betreten zu schweigen.

„Wie Sie wollen“, schloss Fogg, „ich habe einen Verdacht, und wir werden es noch herausfinden, ob sich der bestätigt.“ Fogg kannte das Siegel, welches auf der geheimen Botschaft prangte, die Fix in Suez verloren hatte. Die Initialen und diese ungewöhnliche Maske. Nur wo hatte er es zuletzt gesehen? In wessen Auftrag hatte der Detektiv gehandelt?

Fogg spürte, er war sich geradezu sicher, dass es auch irgendwie mit dem Bankraub, für den man ihn verantwortlich gemacht hatte, zusammenhing. Was wurde hier gespielt? Wer hatte einen Vorteil, wenn er scheiterte? Mit anderen Worten: Wer war der wahre Bankräuber?

Long. East
from Greenwich

Zurück in London

Fünf Minuten. Nur fünf Minuten! In Liverpool hatte Fogg eine Lokomotive gemietet. Jede reguläre Bahn wäre zu spät gekommen. Doch am Ende hatte leider auch die unter Volldampf dahinbrausende Lok nichts genützt.

Ihm, Phileas Fogg, der die Exaktheit liebte und die Pünktlichkeit wörtlich nahm, ihm hatte die eigene Genauigkeit den sprichwörtlichen Hals gebrochen.

Nur fünf Minuten waren sie zu spät in London. Was für eine Kleinigkeit im Verhältnis zum Ganzen! Er hatte die Wette, in 80 Tagen um die Welt zu reisen, verloren.

Verantwortlich dafür war Fix, der ihn ständig behindert hatte.

Geschlagen und entehrt zog sich Fogg in die Privatgemächer in seinem Haus auf der Savile Row zurück. Er hatte sein gesamtes Vermögen verloren und musste nun seine Angelegenheiten ordnen. Ob er das Haus würde verkaufen müssen? Dass ihm der Name seines Widersachers nun bekannt war, machte es nicht besser.

Passepartout wusste nicht, wie er seinem enttäuschten Herrn helfen sollte. So viel hatten sie gemeinsam durchgemacht und am Ende doch versagt. Aouda jedoch wagte einen kühnen Vorstoß. Entschlossen klopfte sie an die Tür zu Foggs Privaträumen. Der Gentleman öffnete widerstrebend, nur um sich jegliche Störung fortan zu verbitten. Doch Aouda ließ sich nicht beirren.

„Hör mir bitte zu, Phileas", sagte sie. Fogg entging nicht, dass sie ihn mit seinem Vornamen ansprach. Ohne weitere Umschweife kam sie auf den Punkt: „Möchtest du mich heiraten?"

Anfänglich war Fogg sprachlos vor Überraschung. Aber dann brauchte es nur wenige Wimpernschläge, bis die Botschaft dieser ganz speziellen Frage vollständig zu unserem Gentleman durchgedrungen war. Er wusste, die Frage war aufrichtig und kam von Herzen. Und er fühlte genauso. Er blühte auf. Fogg lächelte. Und ob er wollte!

„Passepartout", rief er seinen Diener, von neuem Lebensmut beseelt, „wir benötigen einen Pfarrer. Und zwar schnell!"

Passepartout tat nichts lieber als das. Eilig verließ er das Haus, um den Pfarrer aufzusuchen.

„Du heiratest einen armen Mann", meinte Fogg zu Aouda.

„Ich heirate einen guten Mann. Ein guter Mann ist niemals arm", erwiderte die junge Frau, darum bemüht, Zuversicht zu verbreiten.

„Ich wünschte von ganzem Herzen, dem wäre so", erwiderte Fogg, umarmte sie und beide küssten sich.

Für einen Moment vergaßen sie vollkommen die verlorene Wette und freuten sich über ihr neu gewonnenes Glück, als Passepartout im halsbrecherischen Tempo ins Zimmer gestürmt kam. Seine Worte überschlugen sich regelrecht vor Aufregung.

„Es ist erst der 21. Wir haben einen Tag gewonnen. Schnell, mein Herr, wir müssen in den Club!"

Passepartout erklärte Fogg, was er beim Pfarrer erfahren hatte. Erst am heutigen Tag war der 21. Dezember und nicht, wie irrtümlich gedacht, bereits gestern. Phileas Fogg hatte noch Zeit, seine Wette zu gewinnen. Wie war das geschehen? Nun, das mussten sie später klären ...

Mit einer Mietdroschke eilten sie zum Reform Club. Dort herrschte bereits tumultartiger Aufruhr, denn was Fogg ebenfalls nicht erfahren hatte, war, dass seine ungewöhnliche Wette sehr viel Aufsehen in der Gesellschaft und der Presse erzeugt hatte. Fogg und seine Begleiter wurden jubelnd empfangen.

Er schritt in den Salon und traf auf seine Wettgegner, die ihn sprachlos und völlig perplex empfingen.

„Meine Herren, da bin ich wieder", verkündete Fogg. Bis auf Gauthier Ralph gratulierten alle Gentlemen dem Gewinner.

Passepartout erschien mit einigen grimmig aussehenden Herren im Salon. Tatsächlich hatte Fogg seinen Diener ausgeschickt, Scotland Yard zu verständigen. Sie schienen etwas zu verbergen.

„Während der gesamten Reise wurde ich von einer Person behindert, deren Auftrag es war, meine Reise um die Welt zu verzögern", verkündete Fogg, sich Gehör verschaffend.

Die anwesenden Mitglieder des Clubs ebenso wie die zahlreichen hereinströmenden Zuhörer konnten Foggs Anschuldigung kaum glauben. Ein Raunen ging durch die Menge.

„Wer sollte zu einem solch infamen Handeln fähig sein?", fragte Thomas Flanagan.

„Nun, ich muss leider hinzufügen", erklärte Fogg, „dass es sich dabei um einen der hier anwesenden Gentlemen handelt."

„Unmöglich", entfuhr es Ralph.

„Unmöglich", echote Fogg, „sagen Sie? Nun, ich gehe noch weiter: Gauthier Ralph, haben Sie diese Person beauftragt?"

„Natürlich nicht", schrie Ralph, um Selbstsicherheit bemüht.

„Dieser Mann behauptet etwas anderes", sagte Fogg und bedeutete den Herren von Scotland Yard, beiseitezutreten. Der Mann, der hinter ihnen zum Vorschein kam, war niemand anders als Detektiv Wilbur Fix.

„Mein Diener hat diesen Brief mit dem Siegel des Verwalters der *Bank of England,* Sir Gauthier Ralph, gefunden. Gestehen Sie!"

Aber Ralph lehnte jedes Eingeständnis ab.

„Neben diesem offensichtlichen Beweis", fuhr Fogg gelassen fort, „habe ich noch weitere Anschuldigungen gegen Sie: Wo waren Sie an dem fraglichen Abend am Vortag der Wette? Dafür haben Sie kein Alibi, Sie waren in der Bank und haben den Raub begangen. Und dann haben Sie einen Sündenbock gesucht und die Wette als Chance gesehen, um von Ihren eigenen Missetaten abzulenken. Ganz getreu dem Motto: Gelegenheit macht Diebe!"

Die Anschuldigungen waren gewaltig. Ralph schwieg lange und lachte dann höhnisch. Doch er erkannte, dass er überführt war. Vor aller Augen versuchte er panisch zu fliehen. Scotland Yard stand bereit und hielt den Mann fest.

Endlich waren die Vorwürfe gegen Fogg aus dem Weg geräumt, seine Reputation wieder vollkommen hergestellt und Fogg wurde doppelt gefeiert. Denn neben der gewonnenen Wette hatte er den tatsächlichen Bankräuber überführt.

„Darf ich vorstellen", sagte Fogg, „meine zukünftige Ehefrau Aouda."

„Sind Frauen nicht im Club verboten?", fragte einer der Gentlemen kleinlaut.

„Ach, was", entgegnete ein anderer Gentleman und brachte den anderen damit zum Schweigen, „wir müssen auch mal was verändern!"

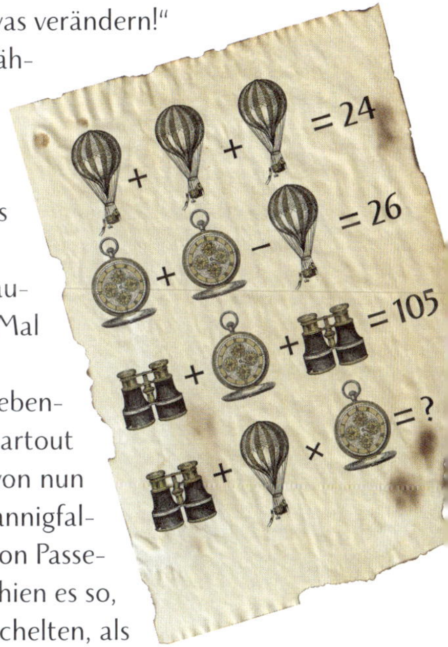

Fogg und Aouda nahmen sich an der Hand, während ein aufgeregter Reporter auf sie zustürmte.

„Mister Fogg", rief der Mann aufgebracht, „was planen Sie als Nächstes für einen Coup?"

Die Menge schwieg plötzlich, alle wollten Foggs Antwort hören. Er war der Mann der Stunde.

Phileas Fogg blickte seine Verlobte an, schaute dann in die Runde und meinte verschmitzt: „Mal schauen!"

Mit Aoudas und Foggs Vermählung kehrte viel Lebendigkeit in das Haus in der Savile Row ein. Passepartout war überglücklich mit der Situation. Fogg suchte von nun an seltener den Reform Club auf. Beide hatten mannigfaltige Interessen und Hobbys, dass ihnen, begleitet von Passepartout, nie langweilig wurde. Und gelegentlich schien es so, wenn die drei die Köpfe zusammenhielten und tuschelten, als würden sie ein neues Abenteuer aushecken ...

Doch wann konnte der Gentleman Phileas Fogg bei seiner Weltumrundung in 80 Tagen, genau genommen in 79, einen Tag gewinnen? Der geschickte Umgang mit Zahlen wird sich als hilfreich erweisen, um auf des Rätsels Lösung zu kommen.

Extra Nr. 8

HINWEISE

Kapitel 1: Der Bankraub

Kannst du Fogg helfen, nähere Informationen
zum Bankräuber herauszufinden?

Hinweis 1:
Manche Zeitungsartikel bieten Erklärungen für Foggs ungewöhnliche Begegnungen.

Hinweis 2:
Welche der vier Begegnungen lässt sich nicht anhand der aktuellen Ereignisse in London erklären?

Kapitel 2: Alles oder nichts

Fogg hat bereits drei mögliche Zugverbindungen
mit den wichtigsten Informationen notiert, kann diese aber aufgrund
der Tintenflecken nicht mehr entziffern. Kannst du die fehlenden
Zeiten ergänzen und die richtige Verbindung herausfinden?

Hinweis 1:
Um die schnellste Verbindung herauszufinden, musst du zunächst die genaue Abfahrtszeit der Fähre in Erfahrung bringen.

Hinweis 2:
Ein Blick in die Zeitung wird dir helfen.

Hinweis 3:
Die erste Fähre ab Dover fährt um 5:30 Uhr ab.

Kapitel 3: Topp, die Wette gilt!

Kannst du Passepartout dabei helfen, seinen Weg zur Kabine durch die verschachtelten Gänge des gigantischen Schiffs zu finden?

Hinweis 1:
Nutze die Treppen und wechsele zwischen den Decks, um deinen Weg zur Kabine zu finden.

Kapitel 4: Passepartouts Geheimnis

Detektiv Fix verliert einen Brief, dieser ist allerdings verschlüsselt. Kannst du herausfinden, was in der Nachricht steht?

Hinweis 1:
Auf der Suche nach einem Schlüsseldienst wirst du im *Morning Chronicle* das Schlüsselwort zum Vervollständigen der Codierungstabelle finden.

Hinweis 2:
Das Schlüsselwort lautet THOMAS.

Hinweis 3:
Die erste Zahl der Zahlenpaare steht für die Zeilen-, die zweite für die Spaltenposition des gesuchten Buchstabens.

Kapitel 5: Eine Begegnung mit der Vergangenheit

Kannst du den Reisenden helfen, alle 13 Gegenstände im Dickicht des Dschungels zu finden?

Hinweis 1:
Gesucht werden folgende Gegenstände: Pfeife, Rasierer, Whistkarte, Reisepass, Schlüssel, Hut, Kompass, Pistole, Brille, Taschenuhr, Regenschirm, Schuhe, Notizheft.

Kapitel 6: Die Flucht der Prinzessin

Kannst du Fogg, Passepartout und Cromarty dabei helfen, ihre Fesseln zu lösen?

Hinweis 1:
Es gilt, die Seilschlaufen ausfindig zu machen, aus denen kein Knoten entsteht.

Kapitel 7: Eine riskante Überfahrt

Welches der drei losen Antriebsräder setzt den Mechanismus wieder in Gang?

Hinweis 1:
Sowohl der Hebel als auch das unterste Rad sollen im Uhrzeigersinn rotieren, damit die Maschine wieder funktioniert.

Hinweis 2:
Durch den Riemen drehen sich die ersten beiden Räder nach rechts, das folgende Rad daraufhin nach links. Setze die Antriebsräder stets mittig auf die freien Stellen, um herauszufinden, welches an welche Stelle passen würde.

Hinweis 3:
Nur eines der Räder sorgt an der richtigen Stelle dafür, dass sich das letzte Element im Uhrzeigersinn dreht und die Maschine wieder in Gang gesetzt wird.

Kapitel 8: Getrennte Wege

Kannst du die rätselhaften Verse entschlüsseln und der Reisegruppe dabei helfen, Bonnevilles Hinweis zu verstehen?

Hinweis 1:
Übersetze die einzelnen rätselhaften Angaben in Richtungsangaben.

Hinweis 2:
Diese Richtungsangaben zeigen dir an, wie die gekritzelten Striche durch weitere Striche ergänzt werden müssen, damit sich das Lösungswort ergibt.

Hinweis 3:
Rühre der Mensch sich vom Flecke bedeutet, dass die Linien stets von den Punkten ausgehend eingezeichnet werden müssen.

Kapitel 9: Stürmische Zeiten

Kannst du Fogg helfen, die Kartenwerte zu ermitteln und den Namen des Schiffes herauszufinden, damit die Reisegruppe ihre Weltumrundung schnellstmöglich fortsetzen kann?

Hinweis 1:
Die Zahlenwerte dieses Kartendecks entsprechen: 2, 3, 4, 5, 6, 7, 8, 9, 10, Bube / Dame / König = 10, Ass = 11.

Hinweis 2:
Die Werte der Karten mit Zahlen entsprechen dem jeweiligen Buchstaben im Alphabet.

Kapitel 10: Die verschwundene Reisetasche

Kannst du Fogg dabei helfen, die Aussagen der Crew und der Passagiere zu prüfen, um den Taschendieb zu stellen?

Hinweis 1:
Lies die Aussagen aufmerksam und achte auf mögliche Unstimmigkeiten.

Kapitel 11: Die Durchquerung Amerikas

Der Zug muss vor einer maroden Brücke anhalten. Kannst du der Reisegruppe helfen, einen sicheren Weg über die Schlucht zu finden? Gib dabei acht auf die brüchigen Stellen!

Hinweis 1: Es gilt, mithilfe einzelner Gleisstücke die richtige Zugstrecke zu finden. Dafür werden Gleisstücke ausgeschnitten und auf Felder gelegt.

Hinweis 2: Die Zahlenangaben am Rand der Felder bestimmen, wie viele Gleisstücke pro Spalte und Zeile eingesetzt werden müssen.

Kapitel 12: New York

Kannst du den Reisenden helfen, unter den vielen Schiffen am New Yorker Hafen die *Henrietta* zu finden?

Hinweis 1: Es gilt, anhand der Beschreibungen von Kapitän Speedy das passende Schiff ausfindig zu machen.

Kapitel 13: Meuterei auf der Henrietta

Als Fogg Passepartout im Gefängnis um einen Zettel bittet, reicht dieser ihm einen Umschlag, auf dem sich ein Wachssiegel befindet, welches Fogg bekannt vorkommt. Kannst du dich erinnern, wo das Wachssiegel schon einmal aufgetaucht ist?

Hinweis 1:
Es gilt, sich zurückzuerinnern und zurückzublättern. Im Buch befindet sich eine Illustration des Wettscheins, den alle Gentlemen mit ihrem Wachssiegel versehen haben.

Hinweis 2:
Lies das zweite Kapitel Alles oder nichts aufmerksam, um herauszufinden, zu welchem Gentleman das Wachssiegel gehört.

Kapitel 14: Zurück in London

Nachdem Fogg die Wette gewonnen hat und der wahre Bankräuber enttarnt wurde, muss noch eine wichtige Frage geklärt werden: Wann hat es Fogg auf seiner Weltreise geschafft, einen Tag dazuzugewinnen?

Hinweis 1:
Es gilt, den genauen Reiseabschnitt herauszufinden, an dem Fogg und seine Freunde die internationale Datumgrenze passieren. Die Ausschnitte der Weltkarte in den jeweiligen Kapitel sowie das Zahlenrätsel werden dabei hilfreich sein.

Hinweis 2:
Die Lösung des Zahlenrätsels zeigt dir den richtigen Längengrad an.

Hinweis 3:
Der Ballon entspricht der Zahl 8, die Taschenuhr der 17 und das Fernglas einer 44.

LÖSUNGEN

Kapitel I: Der Bankraub

	Ort	Uhrzeit	Aussehen	Verdächtiges Verhalten	Erklärung für Verhalten
1. Beobachtung	Moorgate Street	10:15 Uhr	Bursche in übergroßer Kleidung mit Kopfbedeckung	verschleiert womöglich wahre Identität als Frau	Zeitungsartikel: Frauen in Männergewand
2. Beobachtung	Fleet Street	10:50 Uhr	großer Mann mittleren Alters, zerzauster Vollbart, verschwitztes Gesicht	eilt ängstlich und gehetzt vorbei und verliert mehrere Pfundscheine von hohem Wert	Zeitungsartikel: Ein wahrer Held
3. Beobachtung	St. Martins Lane	11:25 Uhr	große Gestalt mit langem Mantel und detailreicher Maske	orientierungslos und gehetzt, schaut sich in alle Richtungen um, verschwindet in enger Gasse	Zeitungsartikel: British Museum Maskenfest
4. Beobachtung	**Pall Mall**	**11:50 Uhr**	**Herr mit Mantel und Zylinder**	**rücksichtsloses Verhalten ist untypisch für einen Gentleman**	**Es gibt keine Erklärung für dieses Verhalten – handelte es sich womöglich um den Bankräuber?**

Die Beobachtungen deuten auf den Gentleman mit Mantel und Zylinder hin, der durch sein rücksichtsloses Verhalten in der Pall Mall um 11.50 Uhr auffiel.

Kapitel 2: Alles oder nichts

	Verbindung 1	Verbindung 2	Verbindung 3
Abfahrtzeit in London	23:05 Uhr	23.40 Uhr	0:34 Uhr
Fahrzeit (L-Ch)	2:39 Std.	2:37 Std.	2:42 Std.
Ankunft in Chatham (Ch)	1:44 Uhr	2:17 Uhr	3:16 Uhr
Dauer Aufenthalt	1:14 Std.	0:57 Std.	0:34 Std.
Abfahrt in Chatham	2:58 Uhr	3:14 Uhr	3:50 Uhr
Fahrzeit (Ch-D)	2:42 Std.	1:59 Std.	2:08 Std.
Ankunft in Dover (D)	5:40 Uhr	5:13 Uhr	5:58 Uhr
Abfahrt Fähre in Dover	5:30 Uhr	5:30 Uhr	5:30 Uhr

Kapitel 3: Topp, die Wette gilt!

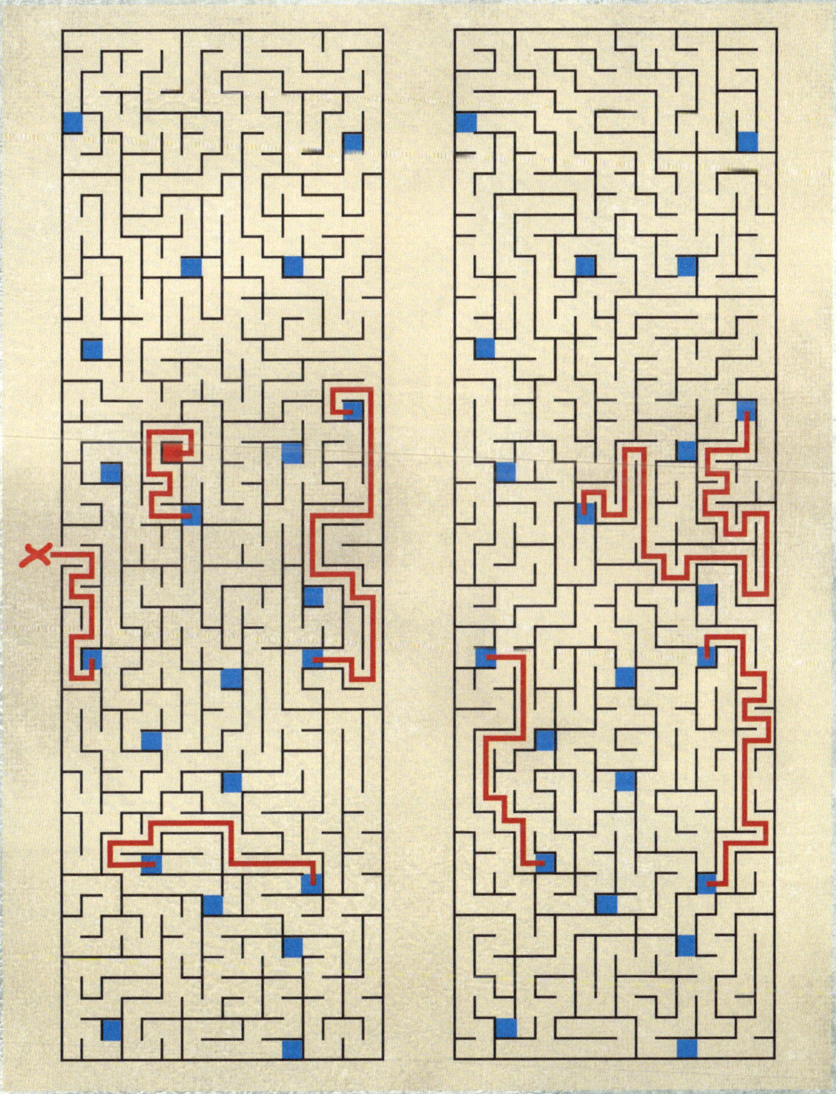

Kapitel 4: Passepartouts Geheimnis

	1	2	3	4	5
1	T	H	O	M	A
2	S	B	C	D	E
3	F	G	I/J	K	L
4	N	P	Q	R	U
5	V	W	X	Y	Z

Entschlüsselter Brief:

An Detektiv Fix. Weltreisenden Fogg an Reise hindern. Verdacht auf Bankraub. Belohnung!

Kapitel 5: Eine Begegnung mit der Vergangenheit

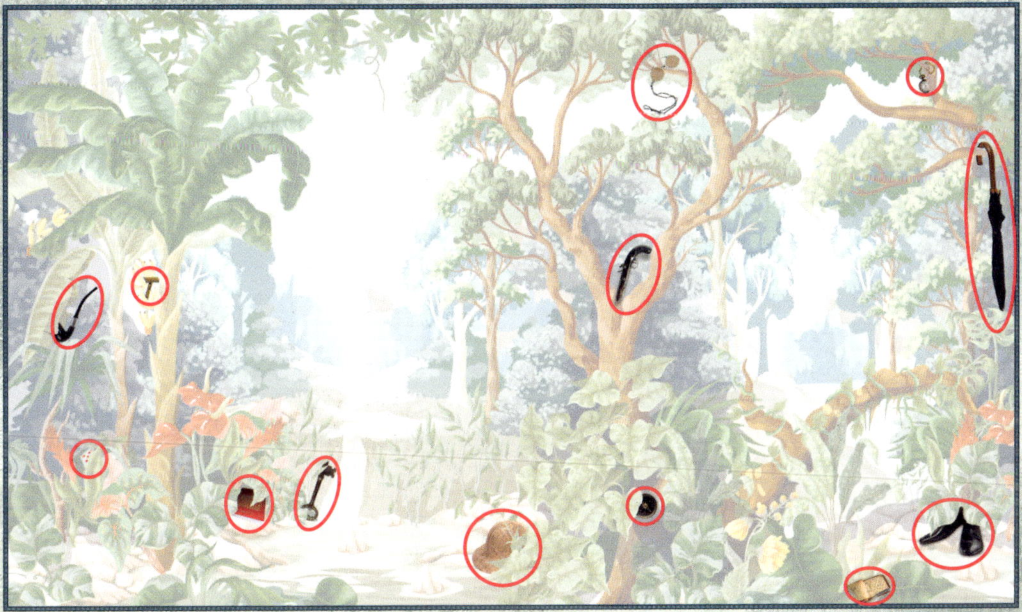

Kapitel 6: Die Flucht der Prinzessin

Passepartout:

2

Fogg:

3

Cromarty:

1

Kapitel 7: Eine riskante Überfahrt

Kapitel 8: Getrennte Wege

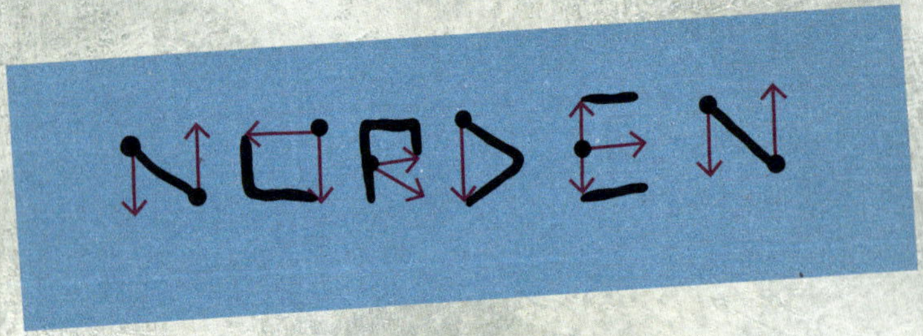

Kapitel 9: Stürmische Zeiten

Jade

A	B	C	**D**	**E**	F	G	H	I	**J**	K	L	M	N	O	P	Q	R	S	T	U	V	W	X	Y	Z
1	2	3	**4**	**5**	6	7	8	9	**10**	11	12	13	14	15	16	17	18	19	20	21	22	23	24	25	26

Kapitel 10: Die verschwundene Reisetasche

Das Alibi des **Maschinisten** wird vom Kapitän nicht bestätigt. Der Maschinist hat also gelogen und ist der Täter, da er in dieser Zeit Gelegenheit für die Tat hatte.

Kapitel 11: Die Durchquerung Amerikas

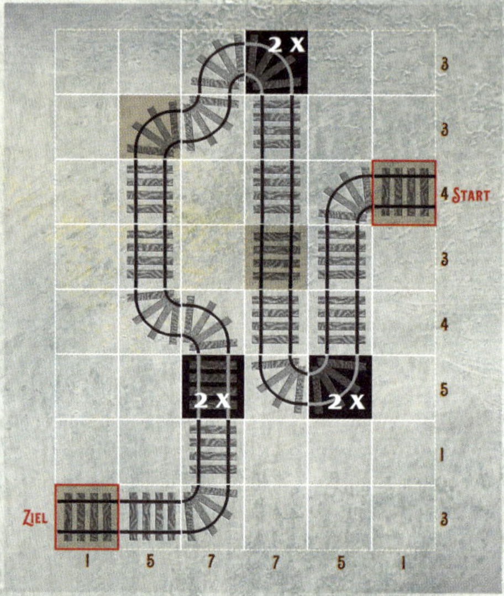

Kapitel 12: New York

Lösung: Schiff Nummer 3

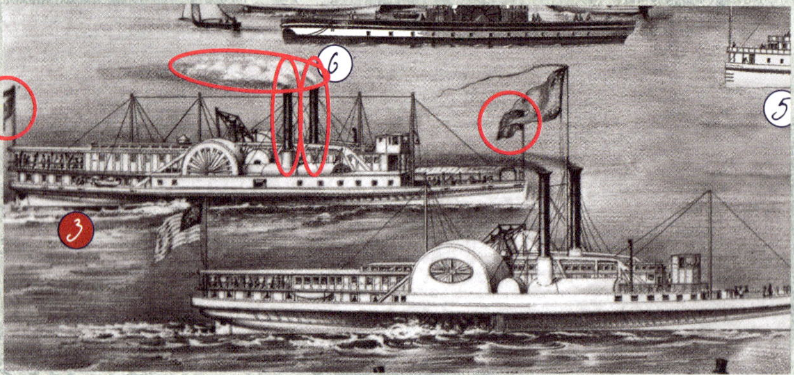

Kapitel 13: Meuterei auf der Henrietta

Gauthier Ralph, der Verwalter der Bank of England, hat Detektiv Fix beauftragt, Fogg zu verfolgen..

Kapitel 14: Zurück in London

8 + 8 + 8 = 24

17 + 17 - 8 = 26

44 + 17 + 44 = 105

44 + 8 x 17 = **180**

Der **180. Längengrad** liegt dem Nullmeridian genau gegenüber auf der anderen Seite der Erde und gilt als die internationale Datumsgrenze. Sie verläuft von Nord nach Süd durch den Pazifik, allerdings aufgrund politischer und geografischer Anpassungen nicht als schnurgerade Linie, sondern mit einigen Ausbuchtungen. Wer sie überquert, kommt in eine Zeitzone mit einem anderen Kalenderdatum: von Osten nach Westen ist dies der nächste Tag, von Westen nach Osten der vorangegangene. Die Reisegruppe um Phileas Fogg überquert auf dem Weg von Yokohama nach San Francisco im Kapitel „Die verschwundene Reisetasche" den 180. Längengrad in östlicher Richtung – zum Glück, denn auch wenn er es selbst erst kurz vor Ablauf der Zeit realisiert, gewinnt Fogg so einen ganzen Tag. Er kommt nicht, wie befürchtet, zu spät und sieht die Sonne zudem einmal mehr als die Gentlemen im Londoner Reform Club.

MARCO HASENKOPF (*1973) begeisterte sich bereits in seiner Jugend für die futuristischen Reise- und Abenteuerromane von Jules Verne. Nach der Schule zog es ihn aber erst mal auf eine Reise in die Vergangenheit – mit einem Studium der Archäologie, Philosophie und Alten Geschichte in Münster. Immer auf der Suche nach neuen mitreißenden Stoffen lebt der ausgebildete Drehbuchautor heute als freischaffender Schriftsteller und Theaterproduzent in Köln.

Aus seiner Leidenschaft für spannende Geschichten entstand der 2021 erschienene Kriminalroman Eisflut 1784, welcher mit dem GOLDENEN HOMER 2022 sowie dem SKOUTZ AWARD 2022 für historische Romane ausgezeichnet wurde.